阿拉宁波人

郁伟年 著

宁波出版社
NINGBO PUBLISHING HOUSE

图书在版编目（CIP）数据

阿拉宁波人 / 郁伟年著 . —宁波：宁波出版社，2019.12
（2020.10 重印）
　　ISBN 978-7-5526-3780-9

　　Ⅰ . ①阿… Ⅱ . ①郁… Ⅲ . ①小品文－作品集－中国－当代 Ⅳ . ① I267.3

中国版本图书馆 CIP 数据核字（2019）第 291264 号

阿拉宁波人　ALA NINGBO REN

封面题签： 陈振濂
责任编辑： 王　苏　沈建国
责任校对： 叶呈圆
封面设计： 王泽闻　黄甜甜
内文排版： 唐雪冬
出版发行： 宁波出版社（宁波市甬江大道 1 号宁波书城 8 号楼 6 楼　315040）
印　　刷： 宁波美达柯式印刷有限公司
开　　本： 710mm×1000mm　1/16
印　　张： 13.5
字　　数： 175 千
版　　次： 2019 年 12 月第 1 版
印　　次： 2020 年 10 月第 2 次印刷
标准书号： ISBN 978-7-5526-3780-9

定　　价： 48.00 元

序

俗话说，"一方水土养一方人"。这个"养"可不仅仅是为生活在这方土地上的人们提供衣食住行这些基本的生活条件，而且指由内而外地深刻影响人们的性格特征、语言风格、行为举止、风俗习惯，以至于培育出这个地方特有的文化现象。外面的人能够从这里走出去的人身上感受到一个地方独有的人文气质和文化印记，感受到你是哪里人，这就是"水土"的力量。我一直想探究宁波人的性格特征，想探究造成宁波人性格特征的主客观因素，所谓知其然，还要知其所以然。对于宁波人的性格，不少人做过归纳形容，说的都有一定道理。从我的眼光看，他们身上有几点是非常明显的。一是"讲实货"。就是追求实在，不图虚名，从理论上说，便是"经世致用"。二是"闷声发大财"。不喜欢张扬，不做出头鸟，低调做人做事，小日子过得滋润就行。三是"闲话一句"。说话算数讲诚信，践行"有借有还，再借不难"的信用理念，创造了"无宁不成市"的辉煌。四是"精明有余，开明不足"。算计精到，善于做买卖，但眼光不够开阔，格局不够大。五是"金窠银窠不如自家草窠"。强烈的桑梓情怀和家国意识化作家乡的一家家医院、一所所学校、一条条大路。这些性格特征或许生活在其他地域的人们身上也有，但是作为一种众人共有的集体性格，恐怕在其他区域群体身上很难找到了。人们不禁要问，这种集体性格的成因是什么？我觉得是"水土"。

宁波地处北纬28°51'至30°30'之间。大家都知道北纬30°线是一条神奇的纬线，沿线既有许多奇妙的自然景观，又存在许多令人难解的神秘、怪异现象。宁波境内尽管没有什么自然之谜，但老天赋予了她得天独厚的自然环境，这种环境又无声地影响了生于斯长于斯的一代代生灵。夏不热冬不冷，四季分明，孕育了宁波人温和敦厚的内心世界；山不高，地势平缓，造就了宁波人持久耐劳的吃苦精神；江河蜿蜒，飘逸灵动，赋予了宁波人智慧机灵的气质特征；波涛汹涌的东海大洋，培育了宁波人闯荡世界的勇气力量……大自然独特的安排铸就了宁波人独特的集体人格，形成了宁波地域独特的文化气质。

也可以这么说，自然环境决定人们的性格特征，性格特征决定一个地方的文化气质，文化气质又深刻地影响了一个地方的内涵外观。如果从果到因反向追溯，举例对上述观点做一论证的话，应该是这样的：宁波的海丝文化，标志地：老外滩；内涵：中西文化交汇融合；成因：清政府战败被逼五口通商；自然条件：三江口、港口，通江达海，交通便利。宁波的藏书文化，标志地：天一阁；内涵：家诗户书，耕读传家；成因：儒家修齐治平及"工商皆本"；自然条件：鱼米之乡，生活富庶。

这本书基本遵循这个脉络，对宁波人集体性格及在此基础上形成的独具一格的地域文化，包括千百年积淀下来的历史遗存，做些罗列式的探究，目的是让看到本书的宁波年轻一代了解自己家乡悠久灿烂的文化，增强文化自豪感；让从外地来宁波的人，通过本书了解宁波这座城市的基本面貌以及她的特色所在，从而喜欢上这座城市。是为序。

作者

2019年11月5日

目　录
CONTENTS

001 ……　序

001 ……　冷静低调
008 ……　动口与动手
010 ……　吃咸持重
013 ……　龙与虫
018 ……　精明与开明
024 ……　聪明活络
029 ……　开放包容
036 ……　爱国爱乡
043 ……　义先利后
048 ……　孝行天下
055 ……　心灵手巧
066 ……　有余与传承
079 ……　民俗节庆
088 ……　风味特产
101 ……　待客与做客
106 ……　内外兼顾
114 ……　地域与语言
140 ……　水与城
164 ……　城市与文化
210 ……　后记

01 冷静低调

曾经有一个广为流传的说法,说的是一位中央领导考察宁波,用过晚餐后返回驻地,路过宁波主要商业街,当时不过晚上九点左右,但街上已是门庭冷落车马稀。首长不禁问道,宁波人都去哪儿了,是不

绚丽宁波夜(陈乾斌摄)

热闹的老外滩(叶炜摄)

是赚得太多,回家数钱去了?这句调侃的话传开后,人家都以为宁波这个地方家家有钱,富得流油了。

其实,晚上街头热不热闹与宁波人有钱没钱没有必然的联系,主要是与宁波人的性格及生活习惯有关。宁波人务实低调,不喜热闹。对待夜生活,宁波人并不排斥,但兴趣不大。分析原因,大概是宁波人喜欢在家里吃饭,觉得晚上一家人团团圆圆一起吃饭是居家过日子的常态,是一种享受。即使有两三个客人来,也喜欢在家里烧几个菜,开一瓶酒小酌几杯,既体现了热情好客,又节俭实惠。至于饭后,做主妇的便是忙不迭地洗洗刷刷、打扫卫生、整理房间了,有孩子的更忙得团团转。男人呢,也没闲着,教育孩子、上网学习、帮着做家务,一样挺累的。当然也有出去应酬的,生意场、官场上的,喝酒喝茶喝咖啡,甚至搓麻将的,都有。可即使是应酬交际,也不会搞得太晚,十点十一点肯定回家,怕老婆惦记着呢。这些年政府一直嚷嚷着发展"月光经济",促进消费,可就是发展不起来,晚上九十点,像上海、温州这些城市正是夜市面开场的时候,宁波却已是"这里的街道静悄悄",人们都"飞鸟各归巢"了。

夜晚的宁波也有热闹的地方。以老城区来说,据我观察,一个是老外滩,遍布酒吧、咖啡吧以及歌厅、演艺厅,有异域情调,非常符合外国人的口味,初次来宁波出差的各色人等,想吹吹洋风,领略一下五口通商城市的风情,也喜欢到这里坐坐。另一个是下白沙的海鲜大排档。这个地方一般人还不好找,在甬江北岸一幢旧房子的二楼三楼,一溜儿的排档,五花八门的小海鲜,小鱼小虾小贝类,随点随做。外地生意场上的客人来了,主人为了表示自己的诚心和热情,往往会带他们到这里吃夜宵。点上几盘新新鲜鲜的海味,开几瓶啤酒,沐浴着甬江上吹来的微风,眺望对岸和丰创意广场闪烁着的霓虹灯,再一口气喝干一杯啤酒,旅途的疲劳、思乡的愁绪在味蕾的满足中不知不觉

夜排档（沈国峰摄）

间便烟消云散，一笔生意也在不经意中谈成了。

相比较城区，郊县的夜生活就热闹得多，歌舞厅、游戏厅、棋牌室等前面都停有一排排车辆，还有不少出租车进进出出，但最热闹的还是吃的场所。象山的丹城、爵溪、石浦等都是吃海鲜的地方，不管是禁渔期还是平时，晚上海鲜排档基本上是人满为患。海鲜多数是活的，当地人比较喜欢点的有"望潮"、鱿鱼、淡菜、虾蛄、芝麻螺、目鱼、章跳、滑皮虾等野生小海鲜，然后便是啤酒、烧酒，一边喝一边吃一边聊，直到凌晨一两点钟才会脚步踉跄地散去。宁海城关人吃的除海鲜外，还有猪牛羊肉及各种面食点心。我比较喜欢吃有长街风味的海鲜面，一碗汤面里有蛏子、江白虾、虾鳓、小梅鱼等，鲜美无比，那味道令人久久无法忘记。宁海人比较耿直，特别好客，吃酒豪爽，三五个朋友一起，一人喝七八瓶大瓶装的啤酒是起码的，基本都在十瓶以上。而且有时还要约定不能上洗手间，谁憋不住先去了洗手间，谁就输了，谁就得埋单。慈溪，热闹的并不只是浒山，还有海涂边的小饭店，比如杭州湾大桥旁的"桥头堡"饭店，夜宵生意特别好，吸引人的主要是海涂上的鲜活产品，新鲜的泥螺、海瓜子、油蛤、沙蟹、沙鳗、鲻鱼等，都是其他地方吃不到的。奉化人则喜欢在从娱乐夜场出来后吃一碗牛肉面，既填饱肚子，又提振精神，所以奉化大桥、溪口的几家面食店几乎通宵营业，做出来的牛肉面独具风味，宁波的一些"吃货"都知道牛肉面数奉化的最好。

宁波人的低调实惠还体现在对文化活动的参与和欣赏上。宁波历史文化底蕴深厚，政府也非常支持文化艺术的发展，拥有宁波演艺集团、宁波交响乐团及宁波大剧院、逸夫剧院、保利剧院等众多艺术表演团体和演艺场馆，还不时有上海、杭州的艺术团体来甬演出，应该说宁波的文艺活动是比较丰富的。可在宁波的演出多数是公益性的，演艺市场发展十分缓慢。宁波人骨子里留存着商人的影子，不讲精神享受，心想花几十元上百元的钱看一场戏，还不如明天买几个好菜美美吃一顿合算，所以很少有人掏钱买票去剧院享受一场艺术大餐，有时甚至连赠票也被婉拒，搞得人家很尴尬。说一件我亲身经历的事：方亚芬是沪上镇海籍的著名越剧表演艺术家，那次她回家乡举办感恩演出，我受邀作为嘉宾出席观看。那天晚上演的是《梁祝》，非常精彩，艺术水准很高。我知道她第二天还有一场《红楼梦》，便向主办单位讨要了几张票，想送给几个喜欢越剧的朋友，想不到第二天早上打了好

第十四届中国合唱节于2017年10月25日至31日在宁波大剧院举办（沈国峰摄）

几个电话,人家都说有事没时间去看,其中一个说:"票子给我也行,我去问问爸爸妈妈愿不愿意去。"你看,送人家票子,人家还不买你的账。

进了剧院后,宁波人的素养就体现出来了,既知道欣赏交响乐不能随便拍手发出声音,也懂得京剧、越剧唱到什么时候要喝彩鼓掌,所以北京、上海来的剧团都赞赏宁波这个城市艺术品位高,都表示愿意

宁波大剧院（陈乾斌摄）

再到宁波演出，但背后他们可能在说宁波人太精明，票务太难做了，要不是有政府补贴，恐怕就演不了了。宁波人看戏还有一个特点，就是不狂热，不管你台上如何鼓动，要发声，要摇旗呐喊，台下却岿然不动，观众冷静得很，情绪始终调动不起来，搞得一些"大牌"也少了激情。

动口与动手

　　宁波人说话嗓门大。老话说"宁可与苏州人讨相骂,不可与宁波人讲闲话",原意是说苏州话吴侬软语,即使吵架骂人的话也婉转动听;而宁波话则石骨铁硬,即使聊天也是嗓门粗大,像吵架一样。宁波人说话直来直去不假,吵架时语言上也占有上风,但君子动口不动手,嘴巴上讲得再凶,手是万万不动的。有一个故事是:"文化大革命"时,知识青年支边,宁波小年轻到了黑龙江双鸭山一带的农垦兵团,同兵团的还有上海、杭州等江南人,济南、青岛、哈尔滨等北方人。年轻人在一起免不了磕磕碰碰的,吵架是家常便饭,宁波人与北方人吵,先是口头上占便宜,后来一看北方人牛高马大,又人多势众,还有动手揍人的迹象,便使个金蝉脱壳之计,说:"你们等着,我去叫我的弟兄们,谁怕谁呀,有种别走!"话还没说完,便溜之大吉了,害得对方傻等了好几个钟头。

　　这种狡黠不仅用在与人吵架上,有时也用于家庭生活中。小孩顽皮,做错了事,不仅不认错,而且对父亲的批评不接受,语言顶撞,气焰嚣张。做父亲的免不了生气上火,举手要打,可又心中不忍,担心打疼了孩子，于是便高高举起，轻轻拍打，搞得孩子虚惊一场。夫妻吵架也是如此，为了鸡毛蒜皮的事争个面红耳赤，甚至气势汹汹威胁使用武力，可毕竟心疼对方，一方沉默，一方检讨，夫妻便和好如初。

虞洽卿故居（刘丹龙摄）

宁波人深得乡人王阳明先生真传，信奉"经世致用""知行合一"，崇尚实业和商业贸易，脚踏实地做生意，所以有"无宁不成市"之说。宁波人最看不起只说不做的人，称成天只会吹牛的人为"桥头老三"，称说得好听、做事不行的为"讲讲神仙阿伯，做做哭笑不得"。

清末民国初的时候，大批宁波人趁上海开埠之际漂洋过海到黄浦江边学生意、做生意，把上海滩弄得风生水起，繁华异常，并涌现了一大批甬籍银行家、航运家、实业家，成为上海发展的中流砥柱。说起宁波人，上海人都会跷拇指，赞宁波人厉害、"结棍"。宁波人之所以能成功，我看就是经世致用、知行合一的结果。到了上海，码头大了，见识多了，眼界宽了，然后眼睛向下，顺应市场需求，搞纺织做服装，开银行做证券，买轮船跑运输，拍电影搞文化，什么赚钱做什么，形成了赫赫有名的宁波商帮。

当然做生意并没有这么简单。要肯吃苦，要讲诚信，要会动脑筋抓机遇，要有韧劲不怕挫折，在宁波商帮的许多大老板身上都能够找到这些安身立命的要素。航运大亨虞洽卿，船王董浩云、包玉刚，影视大王邵逸夫等商业巨子无不是经过艰辛的奋斗才取得成功的。

03 吃咸持重

宁波是沿海城市,海产品丰富,人们对海鲜有很深的依赖。过去没有冷藏保鲜设备,捕捞上来的海产品除了部分鲜食以外,多数用腌、晒、晾等办法保存,作为日常的下饭菜。我印象中,几乎所有的海产品都可以腌制,咸带鱼、咸黄鱼、咸鲳鱼、咸鳓鱼,像海蜇头、海

宁波人的"咸下饭"(沈国峰摄)

晒咸菜（沈国峰摄）

蜇皮子、咸泥螺、咸舱蟹、咸蛏子等，都是我们小时候经常吃的"下饭"。其中咸鳓鱼炖蛋，是农民一年中最辛苦的夏收夏种时的最爱。中午，吃一口饭，过一筷咸鳓鱼，胃口大开，饭可多吃一碗，体力便很快得到了恢复。而海蜇、咸舱蟹则是宁波人吃年夜饭的必备。不仅如此，好多农产品也是腌着、霉着吃，如雪里蕻咸齑、臭冬瓜、霉干菜、霉毛豆、豆瓣酱、酱黄瓜等。不吃这些腌菜，宁波人便会觉得嘴巴没味道，甚至情绪也会受到影响，所以"三天不喝咸齑汤，脚骨就会酸汪汪"，说的就是宁波人对咸菜的热爱。由于长期吃腌制食品，口味重了起来，做菜不由自主会多放点盐。宁波人觉得味道正常的菜，外地人都觉得咸。同样，宁波人到苏州、无锡去出差，吃那边的菜，要么觉得淡，没味道，要么觉得甜，太腻吃不惯。

前不久，解放军总医院的一位胃科专家到宁波公干，他说据他了解，宁波人得胃癌的比例高于其他地方，他分析这与宁波人的口味偏咸有关，建议宁波人注意减少腌制品的摄入，以良好的饮食习惯预防胃癌、高血压等疾病的发生。

有人对人的口味偏好与性格特征的关联度做过研究，认为喜欢吃咸的人待人接物稳重，有礼貌，做事有计划，埋头苦干。这个结论有一定道理。宁波人做事一般不冲动，一定是谋定而后动的，心里有了主意、有了方向才采取行动，所以成功率比较高。改革开放初期，我国南方在经济发展方式上有两种模式引起全国关注：一种是以发展民营经济为主的温州模式，一种是以发展集体经济为主的苏南模式。两种模式都对当时的农村改革与发展起到了推动作用，很难说谁优谁劣。那该学哪种模式呢？宁波人的做法是既学温州的，也学苏南的，形成了自己的发展模式，这个模式当时被称为"四个轮子一起转"，即社办、队办、联户（合作、合伙）办、家庭办同时发展、一起发展。从现在的眼光看，就叫既坚持了公有制经济，又鼓励扶持了民营经济的发展，走出了自己的路。

时间到了20世纪90年代初中期，邓小平南方谈话，阐释社会主义的本质属性，解决了姓"社"姓"资"问题，全国掀起了新一轮的发展浪潮。这个时候宁波在干什么呢？全市上下在搞乡镇企业改革，明晰产权，转换经营机制，把集体企业转制成股份制、股份合作制或私营企业。那时社会上争议声很多，包括对改革的质疑，对丧失发展时机的担忧等，但各级干部脑子清醒，思想解放，改革一抓到底，一两年后效果便显示出来了，宁波民营企业迅速上台阶、上水平，活力后劲大大增强，成为经济发展的主体力量。这就是宁波人认准目标后，抓住机遇，通过改革谋发展的最好例证。

04 龙与虫

　　宁波是海上丝绸之路的始发港之一，伴随着航运业的发展，很早开始人们便频繁闯荡海外，从事海上贸易。近代以来，大批宁波人以上海为舞台，艰苦创业，打下宏大基业，并以此为跳板，走向全国，移

钱湖龙舟（王海波摄）

"三江口送别"铜像（沈寅摄）

民海外。可以说，总有宁波人成为移居地的翘楚。比如说，在科技界，宁波人屠呦呦获得了诺贝尔生理学或医学奖，宁波籍的两院院士目前有116位；在艺术界，宁波人在书画、音乐、戏曲、文学、电影电视等门类都有杰出的大师名家；在经济界，商业奇才更是数不胜数，王宽诚、包玉刚、邵逸夫、李达三、张忠谋、应昌期等等名扬天下。宁波本地也有不少低调务实、隐姓埋名的亿万富翁。

现在宁波人在外地做生意的越来越多，在有关部门推动下，好多城市建起了宁波商会，这对促进抱团发展、抵御市场风险十分有利。但这些商会是否如组织者所愿，发挥着应有的作用，还是有些疑问的。至少有一些商会是个空壳子，大家相互不服气，意见不统一，内部矛盾较多，商会工作开展不起来。海外的情况更是不忍看，因公因私出过国的人有一个很深的印象，到了一个国家，只听说过有浙江商会、温州商会、青田商会，就是没有宁波商会、同乡会。

我曾经分析过造成上述现象的原因，一是宁波人在生意场上喜欢单打独斗，内心有成龙头当领袖的潜意识，自信心比较强。几个有想法、有本事的宁波人凑在一起合伙做事，就好像一山有几虎、一潭有几龙一样，难免相互争斗，不欢而散，哪里还有凝聚力、战斗力？形象地说，宁波人一对一是条龙，本事都很大；几对几便变成虫了，团队没了精气神。二是闯荡海外时宁波人与温州人的基础不一样。温州人一般都是赤手空拳出去，第一目的是求生存、谋发展，困难实在太多，所以要抱团，相互搀扶，共谋生计。他们组建商会、同乡会是现实的迫切需要，所以凝聚力特别强。宁波人则不同，一般是在国内有了一定基础和财富积累后再出去的，目的是发展得更好一点，生活质量更高一点。到了国外，有朋友帮忙更好，没人照应也能过下去，不存在流落街头的风险。所以，没有组建同乡组织的原始冲动，有些人还怕加入了这种组织牵制精力，增添麻烦呢！

话又说回来，在经济领域，在企业发展目标上，倒应该有"龙头老大"的意识，要努力成为行业冠军、全国龙头、世界百强。这方面华为做出了榜样，根基扎得牢，底气足，美国想尽办法要搞倒它，任正非照样牛气冲天，就是不怕你，大大长了中国企业的志气。还有值得大大赞赏的是，任正非作为创始人，持有的华为股权，据说不到

宁波帮大会文艺表演（水贵仙摄）

2%，可见此人的站位之高、格局之大。宁波余姚也有一家比较大的企业，叫舜宇集团，香港联交所上市公司，做的是光学仪器，主要产品是显微镜、手机摄像头等，企业创始人叫王文鉴。乡镇企业改制时，王文鉴信奉的理念是"钱散人聚"，意思是股权让员工共享，能够凝聚起人心，调动最广泛的积极性，企业发展才会有无穷的活力。王文鉴说到做到，只占了企业很小比例的股份，而把绝大多数的股权给了管理层和员工。这一招果然灵验，加上技术创新、管理有方，企业连年高速发展，现在正向千亿级企业迈进。也有企业信奉"钱聚人聚"的，意思是股权集中在老板手上，员工听话，容易管理，干扰少，发展顺利。这种理念也有一定道理。总之，只要企业发展得好，就不去辩论谁好谁坏。但从内心讲，我赞同王文鉴先生的做法，企业是老板的企业，也是员工的企业，只有劳资双方共同努力，利益共享，企业才有凝聚力和生机活力。

05 精明与开明

"精明",是外地人对宁波人的普遍看法,有的还要再延伸一句,说宁波人"精明不开明"。这句话值得宁波人好好反思。宁波人"精明"是肯定的,有几方面可以佐证:一是不打头阵。宁波人深知"枪打出头鸟""出头椽子先烂"的道理,基本不做"初一"。比如改革,让别的地方先探索,自己看着。成功了跟进,失败了是别人的,自己没有风险,所以宁波的改革叫"跟进型"改革。就像街头有什么新鲜事,众多围观者中最里圈的,基本上没有宁波人。二是留有余地。不说过头话,不打满预算。向上面打报告要钱,实际100万元就够用了,白纸黑字写的却要么是110万元,要么是120万元,让领导砍一刀刚好满足自己的要求。三是精于算计,讨价还价。与贸易伙伴谈生意,有明确的底线,心里想赚10%利润,会按赚20%—30%来谈判,谈成了满心喜欢还会装作自己吃了亏,亏大了。四是贪小便宜。菜市场买菜,老太太先给你砍价,少一分也好,然后过秤,一定要让秤尾翘得老高,离开前又用三只手指在菜堆上一撮,在秤好的菜里放上几根。五是没有态度。就是对一件需要判断好坏对错的事,不直接表态,好也

20世纪60年代的民主三号轮

不说坏也不说，对错也不说，只说这个我不清楚、不了解，你们定了就是。

其实，精明并不是坏事。精明的人经营企业容易成功，财富容易积累，家庭比较幸福。但精明应当恰到好处，过了头就不好了。斤斤计较、工于心计，只想自己得好处，不管别人死与活，到头来肯定聪明反被聪明误，遭人耻笑。如果一个地方的领导人太过精明，计较于眼前的付出而忽视长远利益，就很可能丧失良机，影响发展。某企业有一个高科技项目，想在宁波某地落户，但苦于资金不足，要求地方政府补助、地方国企投资，谈了几个月，地方政府认为项目虽好，但政府扶持力度太大，怕有风险，意见一直统一不了，资金不到位，项目落不了地。无奈只得另辟蹊径，转向另一个地方。这个地方的主要领导决定投资，并强力推进，帮助企业解决问题，使企业很快落地投产，目前虽然尚未产生税收，但政府收益指日可待，取得了双赢的效果。另一个例子是中国某著名大学，在有关领导牵线下，打算到宁波办一所分校，先与某区进行了接触，校方提了一些土地、资金等方面的要求，区里认为在本区范围根本无法做到，于是便婉拒了，事后也没向市里报告，事情便不了了之。结果消息被省里主要领导知道了，觉得这是引进人才、引进优质高等教育资源的重大机遇，对浙江教育的高水平发展具有重大意义，于是主动找到校方及上级主管部门，承诺提供一切必要条件，将学校落户杭州。现在该大学杭州校区正启动建设。本来可以在宁波落户的项目被杭州争取去了，尽管也在浙江范围，但宁波人心里总有点失落。可见因为精明不开明、精明不高明，吃了多大的亏呀。

精明会导致宏观思维能力下降，格调降低。做事情追求具体与局部，气度和气派就下来了。大家对北京的印象是皇城气派，城市布局恢宏，建筑雄伟，马路宽阔；对上海的印象也是"大"，叫大上海，高

墙门新生活（沈国峰摄于蔡家弄4号钱家门楼）

楼大厦鳞次栉比,一条马路就相当于一个小城市。上海人称宁波为"小宁波",是的,宁波不仅仅城市小、马路窄,建筑物也是缩头缩脑。原在海曙区中山路上的市政府大楼,被老百姓戏称为"变形金刚",整个身子一直伸展不开,好像人的脖子缩在身体内一样。甬江大桥连通江东江北,当时是甬江上的第一桥,双向四车道,宁波人觉得很了不起,向外炫耀说这是宁波的标志性建筑,解决了宁波城区东西交通问题。可内行人一看,什么标志性建筑呀,双向四车道不出两年就拥堵了。果然如此,甬江大桥变成了市区最堵的路段之一,很快就不适应了。不仅如此,连取名也是小格调,比如明明是大港,地名却叫"小港";明明江面开阔,还是闻名遐迩的它山堰所在,却自谦为"小溪鄞江桥"……不胜枚举。站位不高,格调不高,也局限了城市的规划思路,城市发展的方向不够明晰,框架始终拉不开。

宁波人的本事在于局部管理、精细管理。交给他一幢楼,会装扮得非常得体、漂亮,从楼层布局、装修风格、功能设置,直到房间摆设、细部点缀,既体现实用,又蕴含文化,高贵典雅,舒适大方。交给他一家店,从经营方向、经营手段、市场调查、盈利模式,到员工招聘、内部管理等等,肯定会做得井井有条。精细、精致,也不失是精明带来的正效应吧。

宁波人的精明还体现在对生活环境的适应力和对未来的谋划上。宁波的住房制度改革在20世纪末就已经全面完成,体制内的人员从此告别了福利分房,要拥有住房或想改善居住条件,就要靠自己的本事了,尽管有所谓公积金,但对于飞涨的房价,实在是杯水车薪。怎么办呢?宁波人有办法,先用自己的积蓄,加上银行的贷款,买上一套七八十平方米的小面积住房,一两年后,用这套房子作抵押,向银行贷款,再向父母和朋友借点钱,买一套120平方米的房子。这样重复几次,随着原住房的不断增值,房子越住越大,有的还购置了两套三套,家庭财富也在不知不觉中积累起来了。对未来,宁波人也有很实在的安排,好多家庭在子女未成年时就已经为其买好了房子,而且离自己的房子比较近,便于子女结婚有小孩后的照应。有些家长则早早规划好了子女以后的就业地,希望其在上海、杭州工作,与此相配套,趁当时尚未限购就在当地买了房子,心想即使以后孩子不去那里工作,房子也会增值。事实确实如此,上海、杭州的房价差不多五年翻了一倍,如果十年前在这两个城市持有一套房子,放到现在必定大大赚了一笔。

宁波人算盘精也是出了名的,新中国成立前好多宁波人到上海学生意,不少成了老板的"账房先生",就是现在的会计或财务总监、企

拆迁圆梦（沈国峰摄）

业的职业经理。还有一批成了洋行的买办，专门为外资企业打开中国市场提供各项服务，可见宁波人的聪明。最不济的也会跑跑"单帮"，将上海生产的布匹、白糖、球鞋、香皂，甚至针头线脑等生活资料贩运到宁波出售，以赚取差价，获得收益。我们小时候从上海坐轮船回宁波，在通铺舱经常碰到背着庞大布包袱的女人，估计就是跑"单帮"的。像跑"单帮"这样风餐露宿、居无定舍的活，虽然赚钱不少，但总觉得不够体面。至于磨剪刀铲薄刀、修脚搓背这种活计，宁波人不到饿死是决不会去干的。

聪明活络

与精明相呼应,宁波人聪明灵活,对事物反应比较快。老话"头子活络""脚踏尾巴头会动"是宁波人对一些反应敏捷、应变能力强、很少吃亏的人的形容。

"头子活络"并不是天生的,来自历史的经验和人生的经历,来自城市开放带来的大量信息和要素的交流。宁波地处中国大陆海岸线

20世纪初的宁波外滩(来自《宁波旧影》)

的中点、太平洋的西岸,从唐宋以来,就是中国的重要港口城市。丝绸、瓷器、茶叶以及工艺品,从这里起航,运往日本、东南亚等国家和地区。同样,海外的木材、香料等也在宁波转运,销往内地,宁波俨然成了联结南北、连通世界的中转港。鸦片战争后,中国被迫开放门户,宁波成为五口通商城市之一,外国人、内地人大量涌入,宁波的繁华达到了一个新的高度。据考证,宁波是五个城市里第四个开埠的,当时英国人见宁波三江口呈Y形分布,还新造了一个名词"Y-Town",音译为"外滩"。中国的外滩由此诞生,并被运用到上海、武汉等城市。宁波人就此经风雨、见世面,眼界大大开阔,思路大大拓展,并随着上海的开埠,十里洋场成为宁波人施展才华的舞台。得风气之先,宁波人越发活络起来,创造了中国近代史的许多个第一。为了便于与洋人打交道,宁波人将宁波话注音在英语单词下,编撰了《中小学实用英语字典》,发明了"洋泾浜"英语,如老板boss,下面注上"婆斯";手杖stick,下面注上"司的克"。有一则洋泾浜英文歌谣:

开设于1830年的裘天宝银楼是沪上最早开办的银楼之一(来自《新民晚报》)

来叫克姆(come)去叫戈(go)

一元洋钿混淘箩(one dollar)

廿四铜板吞的福（twenty four）

是叫也司（yes）勿叫拿（no）

如此如此沙咸鱼梭（so and so）

真货实价凡立哥（very good）

靴叫白脱（boot）鞋叫靴呵（shoe）

洋行买办讲白佗（comprador）

小火轮叫司汀婆（steamboat）

吃梯吃梯请吃茶（have tea，吴语"吃茶"即"喝茶"）

生堂生堂请你坐（sit down）

烘山芋叫朴铁拖（potato）

东洋车子立刻锁（rickshaw）

打屁股叫班蒲吃呵（bamboo，吴语挨打叫"吃生话"）

混账王八啖风炉（damn fellow，啖，烹茶；炉音罗）

那摩温先生是阿大（number one，"大"音"佗"）

跑街先生杀老夫（shroff）

麦克麦克钞票多（muck）

印的生丝当票多（empty cents）

红头阿三开波多（keep door，"红头阿三"多指印度门卫）

自家兄弟勃拉茶（brother）

爷要发柴（father，"发"即"搬"）娘卖柴（mother）

丈人阿伯发音罗（father-in-law）

……

为了方便沪甬之间的往来，宁波人创办了中国第一家轮船公司——三北轮船公司；为了解决融资困难问题，创办了中国第一家现代意义的银行——四明银行；为了践行实业救国理念，创办了火柴厂、化工厂、纺织厂、造船厂等等，制造了中国第一盒火柴、第一块肥皂、第一件中山装、第一件西装……不能不说宁波人的确聪明伟大。

改革开放后，宁波在国家政策的支持下，抓住机遇，建起了泱泱东方大港，成为对外贸易强市；建起了门类比较齐全的工业体系，经济总量进入了"万亿俱乐部"的行列，成了名副其实的经济强市，展示了宁波人的聪明才智和实干精神。

宁波人不仅有大聪明、大智慧，也有小聪明、小窍门，"偷拳头"就是其中之一。所谓"偷拳头"，就是偷偷地把别人的技术或赚钱诀窍学到手，然后自己改头换面干起来。有一位朋友当兵复员后，到一家企业打工。他一开始就怀有做老板的梦想，进入企业后便用心学习生产技术，偷偷了解销售渠道，暗地接触上下游企业。差不多过了两年，他办起了自己的企业，借鉴打工过的企业的各方面做法，生产类似产品，而且借原企业的销售渠道推销产品。以此为起点拓展到其他

老外滩邮政局旧址（沈国峰摄）

领域，他的企业越做越大，再通过不断钻研，技术水平越来越高，现在正考虑上市呢。

但也有一些宁波人把这种小聪明用在了不恰当的地方，以骗取钱财，牟取不当利益。我老家那边几乎家家都有上海亲戚，一次聊天，有一位老人说他的上海亲戚在新中国成立前赚钞票有本事，简直是一本万利。他亲戚发明了一种刷牙水，用这种水涂抹牙齿，效果立竿见影，牙齿上的烟渍黄斑很快便消失了，所以卖得很火，赚了不少钱。知道内幕的人对此却嗤之以鼻，原来他在自来水里面掺入微量的硫酸，然后一小瓶一小瓶灌装，外面再用夸张的包装，宣传去渍效果。事实上微酸确有溶解有机质的作用，消费者并不知道这是硫酸稀释而成，对身体有害，只看到效果不错，便买了下来。但假的就是假的，后来被人家发现了猫腻，作坊被打烂，人被打伤，差点还遭受牢狱之灾，既害人又害己。现在，同样有人为了钱而违犯法律、铤而走险。宁波股民中有一群人，以胆子大、敢冲敢杀闻名股市，号称"宁波涨停板敢死队"。只要他们看中了一只股票，便集中大额资金冲入，让此股股价异常波动，然后他们瞅准某一时机，获利后突然抛盘，逃之夭夭。用这种手段，这些人成了亿万富翁，可散户却被套得牢牢的，股市也受人为影响，不正常波动。其中有一个"领军人物"姓徐，此人不仅炒股技巧高超，而且还悄悄与证券行业管理者勾连起来，获取内幕消息，很快便依托股市，成了资产规模巨大的投资家。可好景不长，2016年的某一天被公安机关以涉嫌内幕交易罪逮捕，最后被判刑入狱。这就叫"活络活络，背只料勺"（料勺是浇庄稼的粪勺。这句话的意思是聪明过了头，反而得不到好东西）。

07 开放包容

得益于港口的优势和贸易的发展，宁波人早就开始了与外国人打交道的历史。据考证，与宁波交往最早的是日本。那个发生在秦始皇时代、现在家喻户晓的徐福东渡故事，宁波是其起锚地之一。慈溪有座山叫达蓬山，有个村叫徐福村，就是明证。唐朝鉴真和尚东渡东瀛，曾从明州出海，日本的遣唐使登陆地一般也选在宁波。到了宋代，明州成为中国对日贸易的主要港口，南宋时明州人作《五百罗汉图》，始藏东钱湖，后被日本僧人带走，至今原画仍藏于京都大德寺。那时日本奈良要修寺院，因缺少能工巧匠，请求明州派人帮助修造，屹立至今的奈良东大寺现为世界文化遗产，就是宁波人造的。明朝将明州改为宁波，根据当时的法律，宁波成了明朝与日本交往的唯一合法口岸，大批日本僧人通过海路到宁波留学取经，日本高僧雪舟长期滞留天童寺、阿育王寺，中国佛教的禅宗、天台宗及华严宗不断传播到日本，极大地影响了日本文化的发展，宁波也被日人称为圣地。与此同时，宁波与高丽国的交往也十分密切，建于北宋政和年间、坐落在宁波海曙区月湖旁的高丽使馆，见证了近千年的宁波与高丽交往史。清末五口通商后，大批英国及欧洲的政商人士涌入宁波，宁波建起了天主教堂、基督教会，英国人当上了设在宁波的浙海关关长，三江口汇聚起有关国家的办事处及贸易洋行。

经过长期的东西方文明的交流交融，特别是东亚文明的交流交融，宁波的地域文化中渗入了开放包容的元素，成为宁波人宝贵的精神财富。表现在：宗教方面，宁波这样一个纯汉族地区，不仅有本土的道教、本土化的佛教，而且有天主教、基督教、伊斯兰教，还有保佑出海平安的妈祖庙，各宗教和平相处，相互包容，长期共存，各有各的信众。语言方面，宁波话里夹杂了许多外来词，司的克（手杖）、司必令（锁）、司门汀（水泥地）、司大塔（日光灯启辉器）、窝儿曼（老头子）、史卫塔（运动衫裤）等英语音译名词经常出现在宁波人的口中。艺术方面，在宁波不仅中国传统艺术得到很好的传承，而且像油画、水彩画、版画以及大提琴、小提琴、钢琴等西洋艺术也得到广泛的普及。生活用品方面，宁波人是中国最早接受和使用进口物品的人群之一，老一辈人经常用"洋"开头称呼这些东西，如洋油、洋钉、洋火、洋娃娃等等。人际关系方面，宁波人不封闭不排外，对来宁波的外国人、外地人都能和睦相处，真诚相待。目前，宁波户籍人口与外来人口差不多是1∶1，还有大量的外籍人士长期在宁波工作。宁波人亲切地称他们为"新宁波人"或"帮宁波人士"，相互之间形成了你离不开我、我离不开你的紧密关系。

老外滩天主教堂（沈国峰摄）

宁波人的开放可不仅仅体现在经济方面,更是体现在思想观念和行为实践上。宁波经济的开放度是毋庸置疑的。2018年全市进出口额超过1000亿美元,占全国的比重为3.5%,每4个就业人口中,就有1人从事与外经贸相关的行业。宁波是海上丝绸之路的始发港、活化石,是中国—中东欧国家博览会的永远会址。宁波舟山港的航线遍布世界,货物吞吐量连年超过10亿吨,居世界第一。开放是宁波城市发展的活力所在。当代宁波人继承老一辈"宁波帮"精神,继续在闯荡世界的路上奔跑。每年有一大批学生赴欧洲、日本、新加坡等地留学,每年有不少市民移居海外,每天都能在国际航班上听到宁波人的声音,谈生意、去旅游,忙得不亦乐乎。值得说一说的是涉外婚姻。宁波人在留学、做生意过程中,与不同肤色、不同民族的人产生了感情,并走进婚姻的殿堂,结为夫妇的,着实不少。有娶回来的,有嫁出去的。按照传统观念,找一个洋人做媳妇或做女婿,家族接受不了,宁波人却

国际友人进毛岙村(沈国峰摄)

比较大度，一般都尊重儿女的选择。结婚前会表示一下反对意见，结了婚便顺其自然了，绝不会以断绝父子母女关系相威胁。我认识的一对夫妻，女儿在美国找了个白人做男朋友，当时女儿带他到宁波拜见未来的丈人、丈母娘，小伙子按美国的风俗，并不以尊称称呼丈人、丈母娘，而是直呼其名，弄得丈人很不开心，可等到女儿一怀孕，丈母娘便迫不及待地赶到美国照顾去了。宁波人说，混血儿漂亮聪明，外国女婿也可接受。20世纪90年代中期，我们组团到加拿大多伦多培训，课余走访了一户宁波女人与当地加拿大男人组建的家庭，夫妻俩请我们吃了餐饭，那男的看上去彬彬有礼，对夫人照顾有加，很绅士。大家都觉得，这种双方生活幸福的跨国婚姻，是完全可以接受的。

宁波人思想上的开放和文化上的包容，并不说明宁波人对正统的放弃和对真理的背离，恰恰相反，宁波先贤们不惜以生命的代价诠释对正道的坚守，体现了宁波人浓厚的忠君爱国精神。其中最具代表性的有两位，都为明朝人：一为明初的方孝孺，一为明末的张苍水。

方孝孺，宁海人士，明初大儒，建文帝朱允炆即位后封为翰林院侍讲、翰林院文学学士，为皇帝当参谋、拟诏书，深得皇帝信任。燕王朱棣以清君侧名打下南京后，建文帝不知所终，满朝文武大臣大都倒向朱棣，只有方孝孺拒不称臣。一天，朱棣召方孝孺到朝廷，要他起草即位诏书，方孝孺当堂号啕大哭，悲切哀恸的声息响遍大殿上下。朱棣走下台阶安慰他说："先生不要自取忧苦，我只是想要仿效周公辅佐成王的方式。"方孝孺问："周成王在哪里？"朱棣答："他自焚而死。"方孝孺又问："为什么不立成王的儿子？"朱棣说："国家有赖于成年的君王。"方孝孺说："为什么不立成王的弟弟？"朱棣答道："这是我们朱家的事。"回头示意左右侍者授予方孝孺纸笔，说道："诏示天下，非得由先生您来起草不可。"方孝孺把笔掷到地上，边哭边骂道："死就死了吧，诏书我绝不能起草。"朱棣发怒说："我

慈城应修人故居（沈国峰摄）

灭你九族。"方回应道："灭我十族也不起草。"朱棣命令将方孝孺车裂于街市，受牵连的十族计873人被全部处死。方孝孺慷慨赴死前，作绝命之词说："上天降下战乱忧患啊，谁知道其中的缘由。奸邪的臣子如了愿啊，求取国权耍弄计谋。忠正的臣子愤怒悲怨啊，血泪淌流。以此血泪为君殉葬啊，还有什么企求？呜呼哀哉的悲鸣啊，大概不是我一个人的怨尤。"时年四十六岁。方孝孺的气节值得敬佩，但为了成全自己的名节，让无辜的八百多人死于非命是否明智？值得后人深思。

张苍水，名煌言，字玄著，号苍水，浙江宁波人，崇祯年间举人。弘光元年（1645）清兵大举南下，连破扬州、南京数城，擒杀南明弘光帝。张苍水与刑部员外郎钱肃乐、浙东志士董志宁等组成数千人的队伍在宁波城隍庙集合，拥立鲁王朱以海北上监国。张苍水亲赴台州迎鲁王，被授以"行人"之职；至绍兴，又被授以翰林修撰，负责"入典制诰，出领军旅"之事。之后，张苍水联络13支农民义军，并与郑成功配合，率部北伐，连下安徽芜湖等20余城，给清军以沉重打击。在抗击清兵19年的战斗生涯中，张苍水出生入死，转战千里，三渡闽江，四入长江，战功显赫。清军统帅数次以官位利禄招降，均被严词拒绝。清康熙三年（1664），兵败后隐居浙东海岛，因叛徒出卖而被捕。被俘后拒不屈膝投降，写下大量慷慨激昂的爱国诗词，以明心志。其中《忆西湖》有两句："高坟武穆连忠肃，添得新祠一座无？"武穆是岳飞，忠肃是于谦，他时刻以这两人为榜样，终于如愿以偿。张苍水就义后，由故交黄宗羲等收拾遗骸，葬在南屏山北麓的荔枝峰下，当时墓碑题刻为"王先生墓"。张苍水宁死不屈的抗争精神，感动了当地百姓，他的墓前时常有"包麦饭而祭者"，"寒食酒浆，冬至纸蝶，岁岁祭奠不绝"。他在宁波的故居被辟为"张苍水纪念馆"，门前的那条路也被命名为苍水街。

从方孝孺、张苍水两位先贤的身上可以看到宁波人在大是大非面前的铮铮铁骨，他们的这种民族气节和不屈不挠的斗争精神在四明大地上落地生根。二十世纪三十年代牺牲的宁波人柔石、殷夫、应修人等烈士的身上就有他们的影子。

08 爱国爱乡

　　像方孝孺、张苍水这样的慷慨激昂之士当然不多，绝大多数宁波人将对国家的感情默默地蕴藏在心底，一遇恰当的时机便会不由自主地释放出来。村姑救康王就是一个很好的例子。这个故事在浙东一带家喻户晓，说的是北宋末年，康王赵构从北方逃至宁波西乡高桥一带，金兵在后面紧追不舍，眼看就要追上了，性命攸关。这时赵构刚好路过一个晒谷场，见一村姑一边翻谷一边赶着麻雀，便急匆匆上前恳求村姑相救。村姑见此人文质彬彬，气度不凡，知道肯定是达贵之人，便指了指旁边的箩筐，意思是叫赵构钻入箩筐隐蔽起来。赵构依计而行，村姑则坐在箩筐底上不紧不慢织起了草帽。不一会儿，金兵拍马赶到，却不见了赵构踪影，便问村姑有没有看到一个长得如何如何的人，村姑用手指向前方，说早已过桥走远了，金兵信以为真，追了上去。赵构逃过一劫，对村姑千恩万谢，并承诺将来一定报答。没多久赵构便在临安登基，建立了南宋王朝。赵构的确没忘记救命恩人，派太监到高桥一带搜寻，可村姑并不想进宫享福，设计回避了。无奈，赵构下了一道圣旨，说浙东女子出嫁时可以享用皇家仪仗，新娘可以乘坐八人抬的大花轿。从此浙东女儿出嫁坐大花轿的习俗便一代代传了下来。

不怕牺牲，英勇无畏，以血肉之躯反抗外来侵略，是中华民族的共同属性，在宁波人身上同样得到了充分体现。鸦片战争期间，中国军队取得的唯一一场胜利是在镇海招宝山打的；镇压太平天国的刽子手、洋枪队头目、美国人华尔是在宁波慈城被击毙的；在抗日战争中，四明山更成了全国十七个革命根据地之一，漫山遍野的红叶里浸润着浙东抗日志士的鲜血。

爱乡是爱国的具体体现。报效乡梓、造福乡里是嵌入宁波人骨子里的思想自觉和行动自觉。"金窠银窠，不及屋里草窠""走遍天下，

"迎亲"队伍巡游大街（沈国峰摄）

阿拉宁波人

宁波大学（沈国峰摄）

不及宁波江厦"，老话中这种热爱家乡、以家乡为傲的表述，是宁波人对家乡的真情流露。

世界船王包玉刚，出生于镇海庄市，并在庄市长大。稍长去上海当学徒，并在上海发迹，当上了上海银行副行长。新中国成立前夕到香港谋生，投身航运业，其辖下之环球航运集团逐渐发展成世界最大的航运企业，然后华丽转身，弃船上岸，开发九龙仓、铜锣湾时代广场商业地产，一时风光无限。就是这样一位在香港叱咤风云的商界顶尖人物，改革开放后首次回到宁波老家，想吃的菜居然是"臭冬瓜"。是的，那是母亲的味道，是家乡的味道，早就深深地植入了每一个宁波人的味蕾，一遇机会便要绽放。包玉刚先生在宁波的改革发展史上厥功至伟，他向小平同志建议给宁波直辖市待遇，促成宁波计划单列，并主动请求担任国务院宁波经济协调小组顾问。他捐资2000万美元创办宁波大学，并带动众多香港宁波帮人士慷慨解囊，使宁波大学成为国内著名的高质量侨资大学。他与他的家族还在宁波捐款兴建了图书馆、学校、敬老院、幼儿园和乡村道路等公益设施，真正做到了造福桑梓。

宁波因庞大的宁波帮而受益匪浅。宁波城乡到处可以看到以捐赠者名字命名的公益机构，比如李惠利医院、闻裕仁幼儿园、孙文英小学、李兴贵中学、步韬益寿院、赵安中医学楼等等。有的还以出钱设立公益基金等形式开展慈善公益活动，王宽诚先生生前出资1亿美元设立王宽诚基金会，资助我国科技人才和教育人才的培养；李达三先生分别出资1亿和3000万港币，在宁波诺丁汉大学、宁波体育局设立奖学金、体育发展基金。还有一些人士尽管实力并不雄厚，但也在扶贫帮困、救急救难、敬老扶幼等方面做了许多雪中送炭的善事好事。因为在公益慈善方面的突出贡献，不少宁波帮人士被授予浙江省爱乡楷模、宁波市荣誉市民称号。

过去，在外的宁波商人普遍有一种心态，就是到家乡只捐钱做善事，不投资办厂做生意，认为办企业赚家乡的钞票不好意思，担心被老家人误会成"小器"，占家乡的便宜。所以，尽管在外的宁波帮老板数量不少，但真正落地投资办实业的不多。21世纪以来，宁波加大招商引资力度，首选的招引对象就是在港台地区和上海、杭州等城市的甬商。干部们反复宣讲宁波的投资环境，讲回老家办企业天时地利人和的条件，讲不要以为赚了老家的钱不光彩，恰恰是对家乡发展的贡献等等。终于，许多"甬商"回来了，企业办起来了。网易的丁磊在保税区建起了仓储基地，重点搞跨境电商；银泰的沈国军在东部新城建起了银泰城；杉杉的郑永江在鄞州搞起了新材料；世界中华宁波总商会建起了紫荆汇。甬商回归已经成为宁波经济发展的重要增长点。

宁波人爱家乡还表现在对自己城市的自恋和对别的城市的不服气

半朴园,其前身半浦小学由清末民国初著名银行家孙衡甫捐资建立(沈国峰摄)

上。宁波四季分明,夏季有高温但透风,冬季不冷,有的年份也会下一两场雪。物产丰富,四季有水果,餐桌上既有山珍又有海味。比如春天的毛笋,可以红烧,可以盐烤,也可以煮咸齑笋,风味独特,百吃不厌。还可晒成笋干,与猪肉煮在一起,又鲜又有嚼劲。一碗笋干烤肉,吃到后来,往往肉留下了,笋干没了。又比如奉化的血蚶,一元硬币大小。洗干净后,用开水一泡,便会微微张开一条缝,用手一掰,分成两瓣,里面血红血红的,张嘴一吸,整个蚶肉入嘴,那种鲜味真的无法形容。宁波不仅气候好、吃得好,而且城市不大不小,交通基本不堵,宜居宜业。所以好多人在外面转了一圈还是觉得宁波好,作为宁波人，真心觉得不错。

　　宁波人最喜欢比较的城市是省会杭州。历史上杭州一直压着宁波，宁波在浙江省内"千年老二"的帽子似乎戴定了。改革开放后，曾经有几年，两市的经济总量、财政收入相当接近，那几年宁波人特别骄傲，似乎觉得杭州这个省会城市也不过如此。可好景不长，杭州凭借阿里巴巴的信息经济和省会城市的优势，经济结构迅速转型，再加上G20的锦上添花，整个城市发展插上了腾飞的翅膀，一举把宁波甩在了身后。宁波人一方面开始着急，千方百计寻找增长点，搞中国制造2025、保险创新综合试验区、"一带一路"建设综合试验区、"17+1"投资贸易博览会等等，想要发展得快一点；一方面则晒自己的长处，什么工业强市、城乡发展均衡、人均收入高等等，以这种阿Q式的精神胜利法求得心理平衡。暗地里还有一点埋怨，埋怨省里对宁波支持不够，尤其是对期盼多年的宁波、舟山实质性一体化重视不够。讲句实话，宁波这些年发展并不慢，只是杭州发展得更快而已。从来没有救世主，也不靠神仙皇帝，要实现更好更快发展，全靠宁波人自己的努力吧。

09 义先利后

大家都公认宁波人会做生意，会赚钱。但宁波人做生意讲究的是诚信为本、义利并举。历史上宁波这个地方作假掺杂、欠账不还、坑蒙拐骗的人不能说没有，但的确很少。"人要脸树要皮"，宁波人对

宁波作家签名售书支援四川灾区活动（沈国峰摄）

信誉还是比较看重的，觉得做了对不起人的亏心事，会有报应，会在人前抬不起头来，一辈子不舒心。反过来，宁波人讲义气有善心，不仅是一些有钱的大老板经常捐款做善事，而且百姓也普遍爱心满满，助人为乐。宁波慈善总会每年基本上都会收到一位署名为"顺其自然"的匿名捐款，此人累计捐款已超过1000万元，但至今人们仍不知道其尊姓大名。媒体报道某个外地人因无钱治病，面临家破人亡的困境，宁波人便纷纷寄钱寄物，没几天就能收到十几万、几十万善款。抗震救灾、扶贫帮困、结对助学，不用费劲发动，早就有一大批人付诸行动了。献爱心做善事，当然不是宁波这个地方"钱多人傻"，而是作为一种祖祖辈辈上行下效的传统美德传承了下来。

比如我的老家慈城，就一直流传着这样一个故事：慈城原为慈溪县城，明清时住着不少名门望族，冯家就是其中之一。冯氏起家在北宋年间，以经营药业致富。传说冯氏一祖先过年前出远门讨要欠账，要到钱后，年关已近，便急匆匆往家赶路。可路途实在遥远，走到一座岭上，已是月朗星稀，又怕强人出没，背上布褡里的银子有闪失，东张西望想找一处山神庙之类的房子歇脚过夜。心念甫出，便见不远处有灯光闪烁，只见一座两间面的房子就在路旁。上前敲门，有人轻答一声"请进"。推门进屋，只见有一白衣人端坐桌前，手捧书本，对着微弱的灯光，看得津津有味。冯氏官人上前作揖，说明来由，请求留宿。白衣人应道："寒舍简陋，官人若不嫌弃，可在灶间勉强留宿一晚。倘若尚未吃饭，可自行煮点番薯充饥。"冯氏官人致谢后也就不再客套，自行点火烧水，煮了几颗番薯。一边吃，一边与白衣人攀谈起来。白衣人坦诚相告："我本是读书人，连年赶考不中，得了重病不治身亡，葬于此地，家中尚有弱妻幼子。兄长做主，要将妻子作价改嫁他人，妻宁死不从，无奈兄长收了人家银两，明天对方就要前来迎亲，可怜了我妻我儿。官人若肯帮忙，明天回家，路上碰到可见机行事,救我妻儿于水火之中,大恩必报。"冯氏官人见他讲得情真意切,并未把他当作鬼怪,加上本来就有乐善好施之心,便一口应承下来。第二天一早,天朗气清,冯氏悠悠醒来,发现自己睡在柴蓬里,房子什么的都不见了,揉揉发胀的眼睛,回忆起昨晚的情景,感觉做梦一样。见布褡里的银子一文不少,才放了心。打落沾在衣衫上的碎叶泥巴,起身继续赶路。下了山,便是一个村庄,只听得吹吹打打,人声鼎沸,好不热闹,原来是有人迎亲。想起昨晚白衣人的嘱托,冯氏官人走上前去想看看明白,只见一户人家门口,花轿已经落地,一妇人面容悲切,一个五六岁的小孩连声哭叫着"娘、娘",一边有人正声声催逼"快点,快点上轿",场面十分凄惨。见状,冯氏官人发话了,说道:"看样子,这位妇人并不愿意改嫁,你们为何强人所难?"那男方理直气壮地说:"你一个路人管什么闲事?她家收了我家的银子,此女人便是我家的人了,由不得她愿意不愿意。"冯氏说:

冯骥才祖居(沈国峰摄)

"本不应该管闲事，可我看这小孩实在可怜，没了娘怎么过活呀？你们出了多少钱，能不能说个数，除了原来你们给的银两外，再赔偿一点给你们，可不可以取消这场买卖？"那男方一听，不仅可以收回原来的那笔钱，还可以得到补偿，女人多的是，有了钱还愁找不到？于是便答应下来，几人一商量，报了个数，刚好与冯氏布褡里的银子数相同，冯氏便知冥冥之中早已注定，便一口答应，将布褡里的银子全部给了对方。那寡妇见状，一跪不起，连称"恩公"。回到慈城以后，冯氏官人不时差人给母子送钱送物，使娘儿俩过上了安定的生活。那女的一心培育儿子，经常教导儿子不忘冯氏恩情。后来儿子进京赶考，一举得中状元。回家后，母亲对他说的第一句话就是："快去慈城，报答恩公。"其实冯氏官人并不要求什么回报，现在见小孩长大成人，高中状元，心中畅快无比，比赚了多少银两都要开心。好心有好报，以后冯氏药业不断传承发展，冯氏家族人才辈出。至今杭州的胡庆余堂仍然兴旺发达，宁波的冯存仁药店依然家喻户晓。冯骥才、冯根生，一个是中国著名学者，一个是著名浙商，慈城冯家依然熠熠生辉。

别人有难，捐点钱财，能做到的人不少。但如果一个人把平安让给别人，把危险留给自己，甚至在生死关头，把生的希望留给别人，把死的危险留给自己，那便是义的顶点，便是一个高尚的人、纯粹的人了。早几年，宁波出了个林萍，一个从事保险业的中年妇女。当她得知镇海骆驼有一八岁小女孩患上了一种名为"肝豆状核变性"的怪病，如不进行肝脏移植，生命只有两三个月时间时，心情十分沉重。她在看望那个小女孩时说了一句："如果阿姨身上的肝能割一点给你就好了。"说过此话后，她真的动了这个心，之后竟然不顾家人的一致反对，把自己48%的肝捐给了那个小女孩，挽救了她的生命，也给社会留下了一曲舍己为人的赞歌。江北区庄桥理发师傅郑兴昌，开店46年，在街前的河里一共救起了12名落水儿童，村民评价他"钞

慈孝温情（沈国峰摄）

票没赚到，好事做了一箩筐"。边防干警朱凯杰，在一次与同事出警途中，突遇海水涨潮，同事体力不支，呛水下沉，朱凯杰用力将其向上推，自己却陷入泥涂，失去了宝贵的生命。在宁波，每年都会涌现出一批道德模范，他们中有助人为乐的，有见义勇为的，有敬业奉献的，有诚实守信的，有孝老爱亲的……这些人支撑着社会的道德大厦，既体现了宁波人的道德风貌，也是宁波人的骄傲。

⑩ 孝行天下

上面讲到的慈城，原来还是一个慈孝之乡。历史上这里出了个汲水侍母的孝子，叫董黯。这个董黯出生在东汉，是西汉大儒董仲舒的六世孙，父早亡，以砍柴为生，与母黄氏相依为命。

一次，母亲黄氏得了一种难治的病，她想喝大隐溪的水，因为大隐是她的故乡。那时董黯母子住在慈湖以北的阚山脚下，距离大隐有三十里路。董黯经常早出晚归，去大隐挑水给母亲喝，后来又干脆把母亲接到大隐溪边居住。终于黄氏的病好了，他们又返回慈城。有一天，董黯正在劳动，院子里忽然泉涌成渠，那泉水的味道丝毫不逊于大隐溪的水。乡里人都说董黯孝感天地，董黯却说："是吾母之慈所感也。"于是将这条渠水取名"慈溪"。唐开元年间，县令房琯把句章县治从城山渡迁到慈城浮碧山，他望着不远处阚山脚下的那一条"慈溪"，决定将"句章县"改名为"慈溪县"。

在董黯等孝子事迹的熏陶下，宁波形成了孝老爱亲的风尚，不仅历代都有这方面的榜样人物，而且一些民俗节庆也因慈孝与其他地方不同，"十五中秋十六过"就是一个典型的例子。

董孝子像（沈国峰摄）

农历八月十五过中秋节，是中国大部分地区的传统习俗，可在宁波过中秋节却要晚一天，在八月十六，这是什么缘故呢？原因要追溯到南宋的时候。南宋有位宰相叫史浩，明州（宁波）人氏，是个大孝子。他从小住在东钱湖畔，母亲信佛，平时常到南海普陀进香，后因年老，双目失明，但仍想去普陀进香。去普陀要跨洋过海，路途遥远，海上又多惊涛骇浪，舟楫难渡。史浩虑及老母行动不便，不能远行，但又要满足其愿望，十分为难。一天他在东钱湖上泛舟，只见湖上有个岛屿风景优美，嶙峋的岩石兀立水中，犹如海上普陀山一样。他灵机一动，何不在此岛上凿个山洞，供上佛像，以供母亲祭拜进香呢？于是，他召集能工巧匠，悄悄地在霞屿岛上凿建了一

清乾隆时期为纪念慈城人钱秉虔的慈孝义举建造的孝子坊（来自《古镇慈城》）

个石窟,窟中雕琢观音、护法神、飞龙等造像。待一切布置停当,史浩便请老母上普陀山进香。这天,风和日丽,史浩安排了一艘大船,把老母扶进舱内坐定,然后扬起风帆、荡起橹桨,在东钱湖上周游。过段时间,船工便按史浩要求向老人报告,"船到招宝山了","船过沈家门了"。就这样在湖上晃悠了三天三夜,最后驶到石窟前,船工大声报告:"普陀山到了。"候在那里的和尚见船靠岸,赶紧念经的念经,烧香的烧香,骗得老母确信到了普陀山。史浩扶着母亲进入石窟,烧香拜佛,了其心愿。以后每年拜佛,都用这个办法满足母亲的愿望。至今,这个被称为"小普陀"的地方,香火兴旺,游人如织,成为东钱湖的著名景点。

当时,史浩在临安当官,每年八月十五,都要赶回宁波与母亲一起过中秋节,与乡民同乐。但有一年他在中秋前夜赶回明州路上,马失前蹄受了伤,只好留宿绍兴,等他回到家里已是八月十六了。史浩心中苦恼,但他没想到家乡的百姓为等他,八月十五尚未过节,非常感动,于是他提议就在八月十六补过中秋节。从此以后,明州百姓就把中秋节定在了八月十六,一直流传至今。

古代人的慈孝家风深刻影响着当代人的行为规范,宁波涌现出许许多多孝顺长辈、爱护晚辈的模范家庭和标杆人物。

付雪美,慈溪市新浦镇黎明村人,一名在家务农的中年妇女。她身材瘦瘦小小,却用羸弱的双肩默默承受着生活的重负。1996年以来,付雪美悉心照顾两个脑瘫的孩子和长期卧病在床的婆婆,孝老爱亲,声名远扬。当地村民称她为"最美媳妇"。

1996年,付雪美从丽水远嫁到黎明村与黄秋南结婚。1997年,他们的儿子出生,给整个家庭带来了欢乐。但命运捉弄人,孩子到了走路的年龄,甚至连站都站不起来,后经医生诊断为脑瘫,这让初为人母的付雪美当场晕了过去。从此,她除了操持家务,还要照顾儿子,而儿子每天只能看着妈妈操劳,很难清晰地叫一声"妈妈"。

屋漏偏逢连夜雨。2000年,付雪美的婆婆突发中风,终日卧病在床。为照顾儿子和婆婆,付雪美只好辞去工作,在家做缝纫活贴补家用。上有要赡养的公婆,下有要照顾的病儿,丈夫黄秋南身体又不好,只能打零工维持生计。

付雪美和丈夫决定再要一个孩子。她和丈夫去医院检查,化验结果又是"血型对抗"。这样的结果让夫妻两人倍感失望,但他们没有放弃希望,坚持接受治疗,希望上天赐予他们一个健康的孩子。2004年她又怀孕了,2005年1月孩子出生,是个漂亮的女孩,原本以为幸福的生活从此开始,没想到老天又开了一个"玩笑":6个月后女儿的肌肉开始萎缩,检查结果还是脑瘫。

生活的困难接踵而来,但付雪美没有屈服。她每天早上5时左

为纪念"三孝子"之一张无择而建造的张孝子祠(沈国峰摄)

其乐融融（沈国峰摄）

右起床，洗衣、扫地、做饭，做缝纫活儿到深夜，忙得像个陀螺。夏天，她坚持每天给婆婆和孩子们洗澡；冬天，她总是先给婆婆和孩子们喂饭，等到自己吃饭时，饭菜早已冰凉……就这样，日复一日、年复一年，二十多年来，付雪美勇敢地面对现实，日夜操劳，为公婆和孩子奉献自己的光和热。

象山陈淑芳的事迹更加动人。陈淑芳是畜牧兽医博士，现任象山县畜牧兽医总站站长。她是个好媳妇、好女儿，连续7年照顾身患重病的婆婆，婆媳关系胜似母女；她还是6个孩子的"妈妈"，但5个孩子与她没有血缘关系。

象山县晓塘乡的胡亚云一家是养猪户，2009年胡亚云丈夫触电身亡,留下一双儿女。陈淑芳担心年幼的孩子被悲伤击垮,当即决定接过来照顾。1994年以来,陈淑芳先后资助了7个贫困孩子,包括胡亚云儿女在内的5人还被接至家中抚养。她送这些孩子到家附近的学校上学,每晚为他们准备夜宵,孩子们的家长会她从不缺席。2014年6月高考季,陈淑芳的亲生女儿小戴和养子小州同时赴考,陈淑芳顾不上去照顾在宁波考试的小戴,每天一大早将小州送到象山的考场。为了让他中午休息一会儿,陈淑芳等在考场外面,考试一结束就将他接回家。

在陈淑芳的言传身教下,孩子们非常争气,个个品学兼优。如今,最大的已经参加工作,最小的在当地重点高中就读。

婆婆身患重病的7年里,陈淑芳和爱人将老人从东阳老家接来悉心照顾,婆媳关系胜似母女。在她的精心照料下,婆婆安详地走完了生命的最后一程。2014年,陈淑芳的母亲因脑梗死几乎成为植物人。陈淑芳就在母亲的床边搭了一张一米宽的小床,挨着母亲睡,隔两个小时就给母亲翻身捶背一次。数百个日日夜夜,陈淑芳没有睡过一个完整觉。

为了发扬光大慈孝精神,宁波至今已举办了六届中华慈孝节,讲好慈孝故事,表彰慈孝人物,让中华美德代代相传,社会永远和谐美好。

11 心灵手巧

宁波人的精致灵巧，与资源不足有很大关系。宁波人多地少，山多田少，人均只有一两亩土地，在农耕社会生产力低下、行业单一的情况下，这么少的土地要养活几百万人是很困难的。解决的办法有两个，一个是精耕细作，投入更多的人力和物力，让同样的土地产出更多物产。所以，宁波农村过去种的都是双季稻，冬季再种大麦、油菜。一年四季，土地基本上没有轮空休耕的时候。至于旱作，管理就更加精细了，种蔬菜、瓜果的土地，肯定见不到一根杂草，土壤肯定蓬蓬松松；蒲瓜、带豆等延藤作物，架子搭得整整齐齐；施肥浇水、锄田除虫，起早摸黑忙个不停，目的只有一个：多产出，求温饱。

另一个是学手艺，吃众人饭。宁波人把学木匠、泥匠、篾匠等手艺称为"捧饭碗"，木匠、泥匠、篾匠的工具叫"吃饭家什"，意思是丢不得，丢了就没饭吃了。学手艺的人，一般都是十几岁就由父母陪同到师傅家拜师，以后吃住在师傅家，三年内既学手艺，也给师傅家提水扫地做用人。宁波人学手艺的门类众多，除了上面说的几种，还有铁匠、铜匠、雕刻匠、弹花匠、裁缝、剃头郎、接生婆、土郎中、石

民间手艺人（沈国峰摄）

匠、补雨伞、修钟表、杀猪屠、阉割师、绣花匠等等。这些匠人在学得一技之长填饱肚子、养家糊口的同时，还发挥自己的聪明才智和艺术创造力，创制了许多流传千百年、极具宁波地方特色的民间艺术和工艺品。如传承至今的朱金漆木雕、骨木镶嵌、金银彩绣、泥金彩漆、越窑青瓷等国家级非物质文化遗产，以及竹根雕、农民画、剪纸、灰雕、石雕、竹编等省、市级非物质文化遗产，还有像甬剧、姚剧、宁波走书、宁海平调等地方戏曲遗产。尤其可贵的是涌现了一批有造诣、肯钻研、能创新的非遗传承人。

闻名古今的越窑青瓷，起源于魏晋南北朝时期，主要产地在浙江的宁绍地区，其中慈溪上林湖是我国青瓷主要发源地，在湖的周边已发现从汉到北宋的古窑址超过120处，不计其数的青瓷残片丢弃在湖中，随着湖水的枯丰时隐时现。

越窑青瓷表面细腻光滑，温润似玉。唐代烧制的秘色瓷更是青瓷

制作越窑青瓷（沈国峰摄）

中的极品，世上本无所见，直到宝鸡法门寺地宫被挖掘后才重新现世。历史上，越窑青瓷备受人们的喜爱，不但是贡奉朝廷的贡品，还是重要的对外贸易商品，从唐代开始就出口到巴基斯坦、伊朗、埃及、日本等多个国家。前几年，宁波水下考古队在象山沿海进行考古时，发现了多艘古沉船，打捞出了不少保存完整的古代青瓷，足以佐证越窑青瓷在国际贸易中的地位。

为什么在慈溪等越地可以烧制出这么精美的瓷器？首先是自然环境得天独厚。上林湖坐落在群山环抱中，湖岸曲折，湖周山势峻峭，树木密集，溪水潺潺，瀑布飞溅，这为建窑烧瓷提供了丰富的薪炭燃料和充足的水源；湖畔蕴藏着大量的高岭土，为烧制青瓷提供了优质的瓷土资源。同时，随着隋京杭及浙东运河的开通，南北文化交融加快，海上丝绸之路开拓，东西文明及东亚、东南亚文明也在明州港交汇碰撞，擦出绚丽的火花。

在中华文化熏陶下，借鉴外来文化，运用代代相传的传统工艺，又加入符合时代审美的当代元素，匠人们烧制出形态各异、造型众多、用途不同的青瓷产品。比如，魏晋南北朝时，青瓷中罐、壶、碗、盂、盒、洗、钵、砚、炉、樽、灯、瓶、盏等是常见形态。唐朝则大量烧制执壶、罂、盘、缸、洗、钵、碗、杯以及灯盏、熏炉等器皿。北宋以后，由于战乱和瓷土的枯竭，上林湖青瓷开始式微，燃烧了一千多年的炉火渐渐熄灭。

最近一二十年，上林湖周边又热闹了起来，越窑青瓷正焕发新的生机，失传了上千年的秘色瓷制作工艺得到恢复，还推陈出新，一批造型独特、釉色百变、雕刻精美的器物脱颖而出。施珍、孙迈华、闻昌庆等各有创新，成为"越窑青瓷烧制技艺"的传承人。

"骨木镶嵌"作为一项历史悠久的工艺，其起源地在我国的

骨木镶嵌（沈国峰摄）

北方，隋唐开始在宁波盛行。说起来，还与宁波的地理位置及港口发展有关。宁波地处东海之滨，是著名的海产地，盛产鱼胶和贝壳类海鲜。宁波平原种植水稻，耕牛众多，河塘湖泊密布，河蚌密生，境内又有四明、天台两大山脉，茂林修竹。骨木镶嵌所需的竹木、鱼胶、牛骨、贝蚌壳等随手可得，成本低廉。在充分满足物质条件的情况下，匠人们经过不断的代际传承和创新，并消化吸收其他门类的技艺，终于形成了宁波独特的镶嵌风格。清乾隆至道光年间，达到了工艺发展的顶峰，宁波的骨木镶嵌成为进贡朝廷的重要贡品和畅销海外的重要商品。宁波史志上记载，骨木镶嵌"图案古拙，几同汉画，手艺精绝，凑雕工致"。

骨木镶嵌的主要材料为贝蚌壳、象牙、牛骨、黄杨木等。母体为各类红木，包括大叶紫檀、小叶紫檀、酸枝、黄花梨等，制作方法有高嵌、平嵌、高平嵌三种。从事骨木镶嵌艺术创作的艺人，不仅要有扎实的雕嵌技术基本功，还要具备深厚的中华文化底蕴，了解历史典故，懂得不同朝代的审美风格，有设计思想和艺术创造力。国家级工艺美术大师、非遗宁波骨木镶嵌传统工艺的传承人陈明伟曾花了三年时间精心打造一件"镇馆之宝"——万工床，其工艺不仅综合运用了骨木镶嵌的三种制作方法，而且结合了明清后已经失传的"单刀阴刻"手法。更难能可贵的是，无论是床的样式，还是镶嵌其中的动物造型、人物典故，都蕴含着浓浓的历史沧桑感和独特的艺术性，小桥流水、亭台楼阁、梁祝爱情、五百罗汉、梅兰竹菊……几乎把中华传统文化中对人生的美好愿望都融入了这张床里。

如今，宁波骨木镶嵌已得到了迅速的恢复和发展，一批精品被各级博物馆和民间藏家收藏。工艺大师们也积极肩负起传承的责任，抓紧收集整理历史资料和工艺流程，悉心培养徒弟，以期将这一传统艺术代代相传下去。

在非遗传人裘群珠创办的金银彩绣艺术馆的醒目位置上,挂着一幅巨大的金银彩绣作品《甬城元宵图》,作品展现的是明清时期宁波城内 250 余名百姓欢度元宵的宏大场面。这件长 275 厘米、宽 90 厘米的作品,由鄞州金银彩绣传承人史翠珍、张世君、沙珍珠等 5 名手工艺人费时 2 个月、1000 个工时完成,几乎融入了金银彩绣的全部工艺。在刺绣技法和表现手法上融汇古今,运用了鲜花绣、网绣、盘金绣、盘银绣、打籽绣等 20 余种技法,仅金银线、彩色丝线就达数十种,代表了金银彩绣目前的最高水平。作品中"城隍庙""天封塔""缸鸭狗""状元楼""升阳泰"等宁波的名胜古迹和老商号十分醒目。闹元宵的各色人等,神情动作各异,连衣服也各不相同,生动再现了当

金银彩绣(沈国峰摄)

时宁波的商业活动和民风乡俗。

金银彩绣历史悠久,古时称这种绣法为"盘金""盘银",始于汉而盛于唐,距今已有近2000年历史。唐代武则天(683—705)曾赠送臣属金字、银字绣袍,是关于金银绣艺术的最早记载。唐天宝三载(744)鉴真东渡日本前,曾居住在宁波阿育王寺,后来到日本,带去我国的木雕、漆器、彩塑佛像及金银彩绣千手佛等艺术品。金银彩绣千手佛,至今仍被日本奉为国宝。明代戴缙夫妇墓地出土多件金银彩绣绣制的衣裙、饰品等。20世纪60年代,我市正式将金银绣定名为金银彩绣。当代,以许谨伦、裘群珠为代表的金银彩绣传承人继往开来,创作出《江山如此多娇》《百鹤朝阳》《清明上河图》《百鸟和鸣》等一批精品力作,使这一古老的传统技艺重新焕发出了熠熠光芒。

自古以来,宁波人对婚姻讲究门当户对。有钱人不仅娶媳妇的排场奢靡张扬,嫁女儿也同样热闹非凡,那十里红妆代表着娘家的富足和权势,那一床一被就是穷苦人家了。

宁波人嫁女不仅讲究结婚时嫁妆的多少,更追求嫁妆的品位。所谓十里红妆,讲的是抬嫁妆的队伍浩浩荡荡,以桶、盆、箱为主的陪嫁品琳琅满目,而且都漆成了喜庆的红色。这层油漆不仅底色大红,而且涂金涂银,看上去雍容华贵,光彩夺目。这种油漆工艺称为泥金彩漆。

泥金彩漆的历史可追溯到7000多年前的河姆渡文化,河姆渡遗址发掘时出土了一只涂有朱红漆的木碗。泥金彩漆是一种以泥金工艺和彩漆工艺相结合为主要特征的漆器工艺。主要是在木质构件上,将打成薄片的金银箔碾成粉状,调入漆料后或涂或描或填,并采用蚌壳片、镜片、沙粒、沥粉等工艺技法精心装饰,也有以竹片、竹编为胎的。

泥金彩漆全靠师徒口传手授,纯手工技艺制作,工艺考究、精致,共有箍桶、批灰、上底漆、描图、捣漆泥、堆塑、贴金、罩漆、上彩、铺云母螺钿、分天地色、修边、挖朱等20多道工艺流程,约3个月器

泥金彩漆（沈国峰摄）

物才能成品。其中，堆塑（堆泥）是泥金彩漆最具特色的手工艺，为宁波所独有。

泥金彩漆具有鲜明的地方特色。宁波处在沿海地区，历史上就是鱼米之乡、富庶之地。泥金彩漆正是人们追求生活美满幸福的结果。工艺的制作者以来自农村的居多，亦工亦农，他们吸收了大量的当地民间艺术精华，创造的作品带有浓厚的乡土气息。

与全国文保单位天一阁连在一起的是另一处全国文保单位秦氏支祠，此祠的核心是一座古戏台，戏台装饰融合了木雕、砖雕、石雕、贴金、拷作等多种传统民间工艺，题材丰富，造型优美，整个戏台金碧辉煌，流光溢彩。在这多种工艺中，最能烘托戏台华丽气质的是独具一格的朱金漆木雕工艺。

朱金漆木雕，又称"宁波朱金木雕"，是根植于浙东地区的优秀而古老的民间手工艺。其渊源也可追溯到河姆渡文化，汉墓中也有类似发现。由于它的雍容华贵，唐宋时，并没有进入普通百姓的日常生

064 | 阿拉宁波人

宁波花轿（沈国峰摄）

活，而是被广泛应用于寺院庙堂，宁波境内的七塔寺、天童寺、阿育王寺、保国寺等匾额及佛像的制作都用上了朱金木雕工艺。到了明代，朱金木雕艺人开始为官府服务，同时也开始为官家及民间富户打造高档朱金漆器皿。五口通商后，宁波艺人将时兴的京剧因素和西洋题材吸收到木雕制作中，创作了一大批适合于婚姻嫁娶、生辰寿礼、节庆赛会等需要的朱金木雕作品，形成了工艺发展的高峰。

民国期间朱金木雕除了先要对木材进行雕刻外，主要特色在漆，漆工的修磨、刮填、上彩、贴金、描花，道道工序都十分讲究。正因为如此，朱金木雕才达到了富丽堂皇、高贵典雅的效果。

尽管由于战乱等原因，朱金木雕行业萧条沉寂了下来，但民间工匠仍在，社会需求仍有，传统工艺并未失传。2006年，此项传统工艺被国务院列入第一批国家级非遗名录，迎来了发展的又一个春天。陈盖洪、陈贤高、吴圣东等一批民间艺术家制作的千工轿、梁祝暖阁、琉璃灯、船鼓等作品屡获全国性大奖，成为朱金木雕工艺的典范之作。

⑫ 有余与传承

记得小时候送年,母亲会找出一只有些年代了的长方形木盘子,用于端菜。这个盘子浅栗壳色,洗干净后,正面"□庆有余堂"五个字十分醒目,现在这个盘子不知扔到哪里去了,蛮可惜的。据我所知,我家祖上并不是富裕人家,撑死也只有小康水平,可也一直在灌输"有余"的理念,教育后代要节俭,不可吃光用光、寅吃卯粮。老一辈看到某些人胡吃浪用,赌博成性,就会郑重其事地说上一句:不为现在想想也要为下半辈子想想,不为自己想想也要为子孙后代想想。在一代一代的言传身教下,宁波人的身上潜移默化地就有了浓厚的积累意识,"积谷防饥、养儿防老"是宁波人的普遍想法和持家理念。

省吃俭用,积攒钱财。民国时期,大批宁波人涌往上海学生意、做生意。在上海除了维持低水平的生活必需开支外,辛辛苦苦赚来的钱大部分都积攒下来,一方面用于扩大生意的资本,另一方面寄回老家,或赡养父母,或置买土地、建造房屋,以备生意万一失败后有条后路,不至于倾家荡产,走投无路。同样,二十世纪八十年代之前,除农民和当兵的外,一般在机关或企业工作的人,工资收入为30—50

孔庙开笔（沈国峰摄）

元，即使这么低的收入，每个人也会从牙缝里挤出10—25元即三分之一到二分之一用于储蓄，备作生病、婚丧、灾害等急需之用。如果家里有男孩参加工作后工资月月光，一分钱也不积蓄，做父母的肯定要唠叨：这么大的人了，一点不懂事，只知道花钱，以后"抬老婆"的钞票哪里来？看看还不行的话，就会硬逼着儿子把每个月的工资扣除零花钱后全额上交，由当妈的存入银行，美其名曰：结婚辰光给你派用场。

宁波人积钱的一个重要目的是造屋买房。造屋买房倒不是为了自己住得宽敞些，主要是为了子女特别是儿子的婚姻大事。宁波人结婚，城市里习惯由男方提供婚房，女方准备床上用品等软件；农村更不用说了，男方是娶媳妇进门，房子是必须要有的，否则，男的就准备打光棍。所以，父母心中必定有房，平时必定省吃俭用，积累资金。对农民家庭来说，尽管可以批地建房，成本可能低一点，但收入相对也少,如果仅仅种几亩地,产出再多也赚不了多少。现在多数是靠外出打工或做些小生意增加收入,辛辛苦苦积累十几年,才能建起一幢像模像样的房子。然后,儿子娶了媳妇住进新房,做父母的仍然住在旧房子里。城市也一样,生儿子的家庭早就计划着买第二套房了,而且还在考虑儿子结婚后有了孩子,做爷爷奶奶的怎么可以方便照顾,所以房子要买离自己的住处近一点的。现在普遍是独生子女,生了女儿的父母也为女儿买房子,但好多人买的时候心态不一样,主要是担心以后女儿找的对象经济条件不好,买不起房,女儿受委屈。宁波人喜欢调侃,说生儿子的,是高兴一阵子,吃苦一辈子;生女儿的,是郁闷一阵子,幸福一辈子。意思是生了儿子可以继承香火、传宗接代了,很开心,也很骄傲,可长大以后呢,要为其买房子、娶媳妇、养小孩等等操心,儿子还以为是理所当然,并不感恩;生女儿时心里不舒服,认为"丫头片子"没用,以后是别人家的人,可长大以后女儿的贡献就显现出来了,不仅温柔体贴,买这买那时常孝敬,更重要的是父母有了病痛,女儿贴心照料,这种时候就会深切体会到女儿的好了。

就少数资产庞大的老板来说,为子女买屋造房只是九牛一毛,不值一提了。那么钱还有什么用呢?不去嫖赌抽,不随便送人,也不想把更多钱留给子孙,稍微做点慈善也花不了多少,钱似乎成了一个概念。其实宁波的老板并不真的觉得钱多到花不完了,而是考虑在发展企业、做厚家底的基础上,如何从个人爱好、社会效益、保值增值以及代际传承等因素出发,将钱用得更好。许多人选择了收藏,并在收藏积累到一定程度后,兴办艺术馆、博物馆,既让社会大众共享文化艺术,又实现了资产实物化、增值化,给子孙留下了宝贵的、可以代代相传的文化财富。

说到收藏,宁波人有悠久的历史和光荣传统,一个不远不近,距今四百多年的典型,就是明嘉靖年间的兵部右侍郎范钦。此人每到一地当官就买书收书，而且不论新旧，因此收藏颇丰。被迫隐退回到家乡宁波后，他在自己的宅院里辟了一间房专门放他的藏书，后来书越来越多，一间屋子放不下了，又辟出多间屋子，渐渐发展成一个藏书楼。范钦去世前，把家产分成两份——万两白银和七万卷书，让两个儿子自己选。范钦的长子自愿放弃其他家产的继承权，把父亲的七万多卷藏书视为至宝，制订了严格的家规予以保护，使得"自明至今数百年，海内藏书家，唯此岿然独存"。它便是中国现存最早的私家藏书楼，也是大名鼎鼎的亚洲现存最古老的图书馆，位于宁波海曙区的著名博物馆——天一阁。

天一阁（叶炜摄）

看样学样，当代宁波涌现出一批醉心于收藏的企业家、艺术家。

华茂美术馆，是徐万茂先生在收藏方面的大手笔。徐先生创办了华茂教育集团，他从一个校办企业起家，通过四十余年的摸爬滚打，成为中国最大的教育用品生产商，每年有1亿多学生在使用其产品，并逐步形成了以教学用具和基教仪器装备及科普产品生产，民资办学、教育理论服务为中心的，兼营国际贸易、房地产、金融投资的综合性产业集团。企业越办越大，财富越积越多，徐万茂想的可不是急流勇退，让位给儿子继承家业，他想的是履行企业家的社会责任，为社会奉献点东西，为家族留下点可以永世传承的遗产。在政府支持下他办起了华茂美术馆，建立了华茂艺术基金，开始有计划、有目的地收购收藏古今中外的名人字画、雕刻作品、各类瓷器。我看到过的就有唐伯虎、郑板桥、任伯年等明清书画大家的作品。美术馆还不定期举办中外名家书法、美术、瓷器作品展，受到广泛好评和赞赏。如2019年4月举办的罗马尼亚著名油画家巴巴作品展，由著名画家全山石教授担当首席讲师，让参观者既欣赏到油画的魅力，又理解油画的表现手法和思想内涵，观众受益匪浅。同时，其所收藏的以书画为主的艺术品也在不断地升值，子孙后代如果爱好此道，肯定要感谢祖上之德，称赞先祖眼光远大，福泽后代。

吴氏父子共同创办的千工甬式家具博物馆则是另一种收藏风格，它体现的更多是宁波的地方民间工艺，以及明清、民国时期宁波的民俗文化，具有地方性、民俗

宁波美术馆（沈国峰摄）

性、工艺性的特点。

　　吴圣东是甬式家具制作技艺市级非遗传承人，与父亲吴慈接力收藏老家具，整个过程已有 30 年之久。目前摆放在博物馆的有明清甬式家具 500 多件，另有近 7000 件老家具在仓库里存放着。这些家具藏品集合了许多宁波民间工艺，如朱金木雕、骨木镶嵌、包圈工艺等；包含了许多宁波老百姓对美好生活的愿景，比如红木、黄杨木、花梨木、榉木和木乌树等五种木材结合在一起，叫作"五树（世）其

甬式家具传承人吴圣东在修理栲头椅背
（来自《匠心逐梦：鄞地民间文艺家故事集》）

昌"。红、黑、白不同色彩的家居布置显示了不同的房间功能："红房"代表喜庆，是婚房、产房，是女主人的房，房间里的床、盆、桶、凳都漆成了红色；"黑房"代表庄重、宁静，是书房，摆放的家具一般都被漆成黑色，是男主人或公子读书、攻取功名的场所，也暗合考取功名后官衣官帽的颜色；"白房"代表洁净，是厨房，灶头、碗盘、汤匙等基本上是白色的，显示一户人家的净洁、讲究。馆内还展示着拔步床、七弯床、三弯床、千工床等各式老眠床，脚桶、提桶、洗衣桶、子孙桶以及果盘、瓜子盘、送菜盘、梳妆台、首饰盒等嫁妆和日常生活用品，让人们可以直观地看到古时宁波人的生活场景。

像吴圣东这样利用自己的手艺特长，结合从事的行业，设立博物馆的，在宁波还真不少，如陈明伟的紫林坊艺术馆、裘群珠的金银彩绣艺术馆、张德和的德和根艺美术馆、何晓道的十里红妆博物馆、施珍的越窑青瓷艺术馆等等。这些博物馆的存在让优秀的地域传统文化得到了传承,极大地丰富了宁波人的文化生活。

近十余年来,随着宁波群众文化的普及发展,一批艺术人才迅速成长,形成了一支有一定造诣的艺术家队伍,以书画为主体的社会艺术机构也应运而生,美术馆、书画院遍地开花。这些艺术机构有不少是在政府拥有的历史建筑上,经过合理改造,挂一块"××美术馆""××艺术馆"的牌子,在享受政府部分政策支持的同时,为

慈城孔庙明伦堂(沈国峰摄)

社会提供展览展示、教育推广、传承普及等公益性活动，这是政府与民间相结合传播文化的创新之举。

宁波江北区大庆南路边上露天摆放着一个火车头，旁边有一幢中西合璧风格的五开间两层青红砖小洋楼，这是按照甬曹铁路宁波车站原样进行迁址复建，并于2016年8月开放的甬曹铁路宁波车站纪念馆。1914年，宁波历史上第一个火车站建成，甬曹铁路正式通车。当时的甬曹铁路宁波车站是清末民国初见证铁路推进宁波城市发展、进入工业文明的标志性建筑。当年孙中山先生坐火车从绍兴到宁波，就是在这里下车的。纪念馆里陈列了宁波铁路发展历程中的许多史料、实物，让人们了解那段曲折往事，珍惜现在来之不易的成果。考虑到仅仅陈列一些铁路上的物品过于单薄，政府有意引进一家知名艺术机构进驻，开展一些艺术活动，这样既能保持原有铁路车站纪念馆的固有内容，又兼具文化艺术空间的味道，两者兼美，使资源得到合理、充分的利用。于是，有关部门向国内知名文化品牌西泠印社集团抛去橄榄枝，进行试探。当时西泠印社出版社已成立了宁波办事处，负责办事处筹建的是一对艺术家夫妇，经过政府及集团的一番论证，这对夫妇以西泠印社出版社宁波分社负责人的名义入驻，成了车站纪念馆的使用者和管理者。这对夫妇，男的叫阮解，是国内小有名气的优秀中青年篆刻家；女的叫张桂烨，油画家。两人专业精湛，接手这个地方后，开辟了书画创作空间、篆刻工作室和文创产品展示空间，极大地丰富了铁路纪念馆的内涵。他们不仅自己在这里创作书画、篆刻作品，还不定期举办国内外名家艺术展览。现在，人们一讲起江北火车头，便知道那是一个经常举办书画篆刻艺术作品展览、有各种艺术沙龙活动的专业艺术空间，它俨然成了江北区的重要文化地标。

宁波海曙区的月湖美术馆也是一家民营美术馆，坐落在月湖景区内，利用的是晚清建筑、市级文保点杨宅，即宁波著名教育家杨菊庭

甬曹铁路宁波车站纪念馆（沈国峰摄）

的住宅。杨先生曾任市教育局局长、宁波市立女子中学校长，一生致力于宁波的教育事业，执教50余年，桃李遍天下，著名文学家巴人（王任叔）、著名书法家沙孟海等都是他的学生。

月湖美术馆馆长徐伟，尽管不是科班出身，但他对书画艺术的热爱到了痴迷的境地。历年来邀请全国艺术家来宁波，采风创作以历史古迹、新城新貌、人文景观、自然风景等为题材的作品，并收藏了一批精品名作，包括宁波籍著名油画家陈逸飞的手稿、全国中青年油画名家创作的近现代高僧大德像、中青年写实油画作品等，尤其难能可贵的是根据南宋宁波画家创作的《五百罗汉图》，临摹复原宋代浙东宁波地区的各类器物及其转化成的文创产品，精致高雅，神韵独具，再现了南宋艺术的辉煌。

月湖美术馆从2015年创办至今，已举办各类高端艺术展60余场，四年来参观人数近15万人次。随着知名度的不断扩大，月湖美术馆获得了"海商杯"宁波市双十佳微空间荣誉称号、宁波"TOP10"十佳文创奖,被评为《宋明州五百罗汉图》文创产品研发中心、中国美术学院《宋明州五百罗汉图》学术研究基地,还是宁波市中小学生社会实践大课堂基地,成为青少年接受艺术教育的重要场所。

有余从节俭而来,传承也包括审美的传承。宁波博物馆外墙造型独特、选材环保节俭,其设计者王澍获得了世界建筑最高奖——普利兹克奖。获奖作品的外墙是用碎砖破瓦叠垒而成的,是宁波城乡从古到今都在用的砌墙方法,集中体现了江南民居的建筑特色。这种墙在古县城慈城最为常见。走进慈城的大街小巷,到处都可以看到用碎青砖及瓦片垒起来的围墙和正屋的山墙,这些碎砖残瓦形状不一,大小不一,但一经巧匠摆布,便变得四平八稳,不用任何粘接剂便可砌至三四米高,而且砌好后,也不再涂抹石灰、水泥,任由其裸露在外,被风吹雨打。即使如此,这种墙也是上百年不倒。

为什么宁波这一带会用这种废材砌墙造房呢?是太穷没钱买砖,还是喜欢这种风格?据我分析,原因应该是这样的:宁波是平原稻区,原慈溪县管辖的三北地区则是海涂棉区,历史上一直人多地少,人们不太舍得在良田上建窑烧砖烧瓦。平时砖瓦供应十分紧张,普通百姓要买砖建房非常困难。但建房是刚性需求,没有建材却要建

宁波博物馆（沈国峰 摄）

瓦片墙年味（沈国峰摄）

房，只能眼睛向下向内，看看自己的宅基地及周边空地上有什么，只有满地的瓦砾，原来是几百年前倒坍的老屋遗留下来的。于是灵机一动，正好就地取材，还省了买砖钱。尽管由于这些碎残瓦砖块头太小，搭建所花时间长了些，但毕竟解决了缺料问题，还是很合算实用的。一家用这个方法造了房，户看户、家帮家，以后便推广开来，成了普遍的做法。如今看多了钢筋混凝土墙，再见到碎瓦墙就特别亲切，就像回到了自己的老屋一样。

13 民俗节庆

节庆是民俗的重要组成部分。部分传统节庆往往与农事有关,比如清明节、立夏节、冬至节本来就是二十四节气里的农事时节;部分节庆则与传说及人们心中美好的愿望有关,比如端午节是为了纪念楚

慈城慈孝节(沈国峰摄)

奉化布龙会（水贵仙摄）

国大夫屈原，中秋节寄托着人们对生活美满、合家团圆的良好愿望。除了这些全国都有的节庆外，宁波各地也有不少独特的节庆活动，体现了当地的生活习俗和产业特色。每当一个节庆到来，地方上都会举行一些相关的活动以示庆祝。

宁波属下要数宁海民间节日最多。举几个例子：正月十四离元宵节还有一天，宁海人在这一天要过节，名曰"汤包节"，此习俗传说与明朝将领方国珍孝母情结有关。这一天，城里乡下不但举行丰富多彩的闹元宵活动，而且饮食也别具特点。宁海流传着这样一句俗语："要吃，十四夜；要睡，冬至夜。"意思是正月十四夜是最有吃的，其中东边长街镇一带吃团，北边及城关吃汤包，而西部及南部地区则更加丰富，汤包、米筒、羹都有，吃得你撑破肚皮。

二月初二"龙抬头"，要过"龙头节"。当地俗话说："二月二，龙抬头，蝎子、蜈蚣都露头。"其实所谓"龙抬头"就是经过冬眠，百虫开始苏醒了。

宁海民间一直盛传着一则故事：武则天称帝，惹怒了玉皇大帝,下令龙王三年不得降雨。龙王不忍百姓受灾挨饿,偷偷降了一场大雨。玉帝得知后,便将龙王赶出天宫,压于大山之下,还派太白金星看守,并立碑告天下:"龙王降雨犯天规,当受人间千秋罪。要想重登灵霄阁,除非金豆开花时。"人们为了拯救龙王,到处寻找开花的金豆,直到第二年二月初一,一位中年妇女背了一袋黄豆走亲戚,途中不慎将黄豆撒了一路,阳光下,这些黄豆闪闪发光。人们看见后高兴地说:"这不就是金豆吗?炒熟了不就开花了吗?"于是,大家商定,第二天也就是二月初二,家家户户把炒好的、开了花的黄豆供在自家院子里。这情景被龙王看见了,知道百姓在救他,就大声喊道:"太白老儿,金豆开花了,还不快放我出去。"太白金星老眼昏花,看了看,果然是金豆开花,便将压在龙王身上的大山移开。龙王一跃凌空,再降甘霖。从此

宁海特色小吃(陈乾斌摄)

之后，二月二炒苞米（或者炒黄豆）成了习俗，一代代传了下来。实际上过去农村水利条件差，农民非常重视春雨，庆祝"龙头节"，带有向天祈雨的意思，让老天保佑丰收，故"龙头节"流传至今。

　　6月9日，宁海桑洲麦饼节。宁海制作麦饼的历史可以追溯到南宋。传说南宋初年，金兵大举伐宋，秦桧对侵略者纳币称臣，苟且偷安，对抗金将领却一味打击。广大爱国军民对秦桧的卖国行径恨之入骨，于是将麦粉和油放进烘缸里烤制成饼，起名曰麦缸饼（卖国饼）。此饼别有风味，松脆喷香，往来旅人常备为干粮，时间久了就简化成了麦饼。宁海的麦饼不采用烘烤，而是平底铁锅油煎，双面刷菜籽油而成，喷香软嫩，主要馅料是土豆泥、冷饭、咸菜等，独具地方特色。麦饼节当天，家家户户都在烙麦饼，满街都是油香麦香，引得游人直流口水。街市两边还有盐烤土豆、艾青麻糍、香干豆腐等土产待你品尝。

龙行堰头（俞荣群摄于鄞江镇）

宁海民间还有许多节日，这里就不一一枚举了。象山、奉化、余姚、慈溪等地民俗节庆也各不相同，但又都是老百姓喜闻乐见的，有机会可以好好地去领略一番。

随着市场经济的发展，一些传统节庆活动的民俗味、文化味渐渐淡化，许多新设立的这节那节更是充满了商业味、铜臭味，有的是为了吸引游客，有的叫节庆搭台、企业唱戏，有的干脆就是为了推销农产品。比较典型的有青蟹节、蛏子节、草莓节、杨梅节、桃花节、桃子节等等，反正生产什么就立一个什么节，只要吆喝勤、客能来、东西卖得掉就行。这当然也无可厚非，但失去了节庆的本来含义，能不能传世下去就很难说了。就宁波来说，当代设立的节庆中有全国影响、有文化意义、又体现民俗性质的，可说是凤毛麟角，但也有值得称道的，开游节和开渔节就是佼佼者。

宁海徐霞客开游节，在每年的5月19日举行。这一天正是明朝大旅行家徐霞客所著游记的开游之日。《徐霞客游记》开篇《游天台山日记》中记述："癸丑之三月晦，自宁海出西门，云散日朗，人意山光，俱有喜态……"400多年前，徐霞客就是从这里开始了他长达34年，足迹遍布大半个中国的伟大游历。他绝对想不到400多年后的人们会把他开游的5月19日，谐音出"我要游"的意思。这个美丽巧合的发生地，就是浙江省宁海县。

徐霞客开游节的口号是"天下旅游，宁海开游"，宁海人对自己家乡的旅游事业充满了激情。从2002年第一届起至今，徐霞客开游节这一以"开游"为主题词的品牌活动已经有了十多年的积淀。探寻着古人旅行的心境，寻找心灵的归宿，每年开游节期间，主办方都要举办民俗文艺表演、体育竞技、旅游休闲等内容的文化旅游节庆活动，吸引来自全国各地的旅客来到宁海。事实上宁海的旅游资源十分丰富，比如深圳温泉、伍山石窟、茶山步道、前童古镇、浙东大峡谷、梁

萧王庙看大戏（方亚琪摄）

皇山、野鹤湫等，风景优美，空气清新，民风朴实，特色小吃众多，是难得的旅游胜地。宁海开游节的成功举办也促成了中国旅游日的设立。

2001年5月19日，宁海人麻绍勤以宁海徐霞客旅游俱乐部的名义，向社会发出设立"中国旅游日"的倡议："作为由旅游资源大国向世界旅游强国迈进的中国，理应有自己的旅游纪念日。倡议把《徐霞客游记》首篇《游天台山日记》开篇之日（5月19日）定为'中国旅游日'，以对徐霞客作永恒的缅怀和纪念，激励全国人民阔步迈向世界旅游强国。"经过反复论证、征求意见，终于在2011年3月

30日，国务院常务会议通过决议，中国正式设立国家旅游日，时间确定为5月19日。这个日子，就是《徐霞客游记》的开篇日，也是宁海县每年举行"中国宁海徐霞客开游节"的日子。

开游节的文章做在山上陆上，开渔节的文章则做在海上。本来这世上不存在什么禁渔开渔的，只因为中国人口基数太大，吃鱼的人太多，一段时间只知道大量发展渔船，加大捕捞力度，大的小的、爷爷的孙子的，全捕上来再说，又不重视放流平衡，导致生态破坏，近海渔业资源严重衰退，有些鱼类几近灭绝，一些传统渔场几乎无鱼可捕。为了改善这种情况，国家自1995年起在黄海东海两大海区、自1999年起在南海海区施行两个月至三个月的禁渔期。目前浙江海区的禁渔期已经延长至四个半月，即从每年的5月1日12时开始至9月16日12时止，以便让海洋生物有更多的时间休养生息、恢复元气。

经过四个多月的休整，渔民们修了船、进行了培训，迫不及待地准备出发。这个时候举行一个隆重的出海仪式，激励斗志、祈求平安、预祝丰收，就显得非常必要，也是渔民们心中的愿望。于是，开渔节便应运而生。1998年象山县举办了第一届中国开渔节，以后每年一次，名声日隆，已经成为该县一张亮丽的名片，也是中国农民丰收节的重要活动、全国著名节庆之一。

象山石浦渔港是中国四大群众渔港之一，也是国家和省对台接待的重要口岸，近年又建有国内最大的水产品交易市场——中国水产城。石浦渔民素来有"三月三，踏沙滩""祭海"等习俗，其中"祭海"是渔民出海捕鱼时，为求平安、丰收的一种仪式。开渔节开幕式上，当地政府将原来民间的"祭海"活动艺术化、程式化，首先由县长宣读祭海文，其中第一届的祭文正文是这样的："混沌初开，大海漫漫。外际于天，内包乎地。天风浩荡，洪波涌起。吞吐日月，含孕星汉。蕴无量之宝藏，涵不尽之资源。利舟楫而通五洲，奉鳞甲以济兆民。赖海恩泽，富民兴邦。……泱泱中华，景耀东方，幸甚至哉！

"浙东象山，缘海而邑。地浮瀛海，纵横百里。海域广袤，得天独厚。远古六千年，塔山人耕海牧渔。历秦汉南朝，传徐福弘景居蓬莱。千百年来，先民勤朴，后昆淳良，张银网罟海错，奋铁臂以创锦绣。佑平安妈祖鱼师传显徵，靖海氛谭使戚军逞神威。世代代，伴海而生，视海为母，敬海为神，发愤图强，庶几海邑建乐园。

"人与自然，戚戚攸关。陆与海洋，脉脉依偎。21世纪是海洋世纪，开发海洋，前景广阔。然大海广舍无度，必危及人类自己。纳百川可不竭，节细源使永远。故自前岁，施行休渔开渔。政府立法，渔区尊奉，以保长渔久业。今开渔庆典又届，海内宾客偕至，万民空巷云集。船队列列，龙旗猎猎，征鼓阵阵，待等令下，千轮竞发，驰骋海疆，猗欤伟哉！

"方今世纪之交，建国五秩，海寡河清，国运昌隆。千余平方公里境域，龙腾虎跃。荔湾象港松兰皇城，舒怀开放。兴渔农以奔幸福康庄，振实业而列全国百强。二次创业，目标新元。万众一心，同赴征程。诚以阅师之际，祈告沧海，愿旗开得胜，丰产安康。襄我邑民，再

祭海（陈乾斌摄）

开渔节千舟竞发（沈国峰摄）

创辉煌,尚飨。"颂毕,由上百名壮汉护送,向大海敬老酒、献三牲,祈求海神保佑平安。

随着一声"开渔喽"的号令,原本帆樯林立、千舸锚泊的安静的石浦港内,瞬间机器轰鸣,汽笛长鸣,彩旗猎猎,百舸齐发。码头上送别的人群涌动,鼓乐喧天,爆竹齐鸣,烟花怒放。随着带头船"突突突"的机器声,望不到尽头的渔船鱼贯而出,向浩瀚的大海驶去。又是一年捕鱼季,人们的口福又来了。

14 风味特产

宁波实在是一块风水宝地,四季分明,雨量充沛,气候温润,土地肥沃,种什么长什么,季季都有鲜果蔬菜上市,海鲜山味更是天天不断。不仅如此,宁波人还善于加工,制作出许多让人垂涎欲滴、回味无穷的美味佳肴,形成了宁波特有的点心系列和甬式菜系。

宁波的特色点心十分丰富,主料以当地产的稻谷加工品为主,辅料有芝麻、香干、赤豆、荠菜、猪肉、红糖、白糖、猪油等,主要用于制作馅子。宁波有名的点心有汤圆、年糕、金团、青团、小王糕、绿豆糕、粉蒸糕等等。这些点心不仅外观精美、口感丰富,而且寓意吉祥,非常受人喜欢。

汤圆,又称猪油汤团,寓意团团圆圆、甜甜蜜蜜、幸福美满,宁波人除夕、元宵节必吃此物。汤圆由外面的糯米粉皮裹着由白糖芝麻拌猪油做的馅子,搓成像玻璃球大小的白色粉球,放到开水里一煮,浮起来就熟。趁热咬一口,软软的糯米粉、甜甜的白糖芝麻、香香的流动着的猪油,伴着浮在汤里的桂花,让味蕾无限舒展,吃了一个马上就想吃第二个。年糕,寓意年年高,是宁波人的又一发明,稻区各

慈城年糕制作（沈国峰摄）

地都会制作，但要数慈城产的为最佳。一般在粳稻收割后的冬天，临近过年时开始加工，经过浸米、上蒸、捣揉、分团、搓摊、印版等环节而成。年糕的吃法很多，普遍的有菜蕻炒年糕、咸齑年糕汤、青菜年糕汤、年糕干、年糕"胖"等，其中各种炒年糕、年糕汤是过年的必备。金团，又叫松花团，因其外观金黄，寓意金玉富贵，是馈赠亲友的上佳礼品。过去金团一般在春季松花飘飞的时候制作，人们从山上采集松花，以糯米粉为皮子，嵌入豆沙馅子，用饼模一压，上蒸笼蒸熟，冷却后滚上松花、敲上红印便成了。青团也由糯米粉制作，辅料是清明前才长出叶子的艾青，将糯米粉与煮熟的艾青及汁液一起揉和均匀，摘成一小团一小团，里面裹入甜的咸的、荤的素的馅子，再蒸熟，清香四溢的青团就可以吃了。青团能让人感受春的气息，表达的是一种自然界周而复始、生生不息的意境，正因为如此，青团也是清明期间上坟祭祖的上佳供品。

品尝宁波传统点心，人们首先想到的是"缸鸭狗"点心店，店的门面上画着一口缸、一只鸭、一条狗，这说起来还有一段故事："缸鸭狗"创始人叫江定法，他可是地地道道的宁波人，小名阿狗（小孩取名"阿狗""阿猫"，父母认为好养好找一点），年轻时在外国货轮跑船，到过不少国家。二十几岁结婚生子后，厌倦了常年漂泊的学徒生活，攒下些钱财回到了宁波，在开明街摆了个汤团摊，一年后，阿狗汤团在开明街有了小名气。又过了些年，江定法看中了城隍庙里的一个店铺，便租了下来。有了店铺便要有店名，江定法苦思冥想，但由于没有多少文化，最后以一幅图作为店铺的广告，图上画了一只大水缸，左边一只鸭，右边一条狗。宁波话"江""缸"同音，"阿""鸭"同音，"缸鸭狗"就是其小名"江阿狗"的谐音。"缸鸭狗"主营宁波汤圆、酒酿圆子、豆沙圆子以及豆浆、粢饭等早点，闻名遐迩，是

猪油汤圆（沈国峰摄）

咸齑黄鱼汤（沈国峰摄）

宁波的老字号品牌之一。

　　宁波人讲究"吃"，得益于丰富的食材，并据此演化出千变万化、千姿百态的做法。但万变不离其宗，做菜遵循的基本原则是鲜美、原汁原味、口感浓厚。如做鱼便有两个经典：大汤黄鱼和葱烤鲫鱼。

　　大汤黄鱼又称咸齑黄鱼汤。大黄鱼是东海特产，鱼肉又嫩又新鲜，鱼胶营养丰富又有韧劲；咸齑则是宁波特产，由雪里蕻菜腌制而成，色泽金黄，有一种特有的香味。这个菜烧法简单，先把锅里的水烧开，放入洗净、油煎过的大黄鱼，加点料酒和姜片，盖上盖子，任其滚上一刻钟左右，待汤里呈现乳白色后，再放入咸齑，稍微撒几粒盐，穿心滚起，试试咸淡，便可熄火上盘了。这盘菜，鱼肉鲜，咸齑鲜，汤露更鲜，不仅宁波人爱吃，外地人更赞不绝口。可惜由于野生大黄鱼越来越少，这种过去的大众菜，现在变成了高档菜，价格也涨得很高。

葱烤鲫鱼，葱当然是小葱，鲫鱼是江河湖泊甚至沟渠里或捕或钓而得。宁波人一般只吃海鱼，不吃淡水鱼，只有河鲫鱼是例外，许多人偏爱此鱼。此菜葱与鱼的比例大约是1∶2，即一斤鱼配半斤葱。烧时先用油煎鲫鱼，待两面略黄，放入小葱，略过一下油，然后放料酒、放糖、放酱油，倒入开水至半镬，盖上镬盖，文火慢煮，直到镬底只剩少量的汤露。这时，小葱已经变成酱红色，水分基本蒸发，鲫鱼呈棕黑色，鱼骨已经煮酥。掀开镬盖，一股鱼香夹着葱香扑面而来，忍不住会偷偷拿起筷子夹一根葱品尝一下，可见此道菜的魅力之大。

贝壳类生物是十分重要的水产品，宁波沿海由于滩涂资源丰富，海水养分高，贝类生物种类繁多，生长快速，泥螺、蚶子、蛏子、花蛤、油蛤、辣螺、肉螺、香螺、芝麻螺、海瓜子等基本上都可以一年一收，甚至一年几收；小河、水田里还有河蚬、螺蛳、田螺等淡水贝类生物。还有大量的壳类生物，梭子蟹、青蟹、石蟹、旁元蟹、红旗蟹、滑皮虾、江白虾、基围虾、对虾、沼虾以及淡水的大闸蟹、河虾、草虾等，数不胜数，有这么多的贝壳类可以食用，是宁波人前世修来的福分。有人形象地说，沿海吃的是骨里的肉，内陆吃的是骨外的肉。这些贝壳类中，宁波人经常吃，也比较喜欢吃的主要有海瓜子、花蛤、梭子蟹、青蟹、大闸蟹及江白虾、河虾、螺蛳等。

贝壳的烹饪方法比较简单，以原汁原味为主。除腌制的外，蟹类大多清蒸，虾类大多白灼，螺类稍微复杂些，如毛蚶、血蚶开水一泡生吃为主，其他有盐水煮熟的、有爆炒的。如海瓜子，一般是葱油，但做法有两种：一是热油下锅爆炒，一边炒，一边放葱、酱油等料理，开口即可，不可多炒，否则里面的肉脱水缩小，满盆是壳了。还有一种是先用开水将海瓜子泡熟开口，然后加上酱油，撒上葱花，再把热

芝麻螺（沈国峰摄）

油浇在上面。这种做法能够保持其鲜味不流失，海瓜子肉嫩而肥，是比较好的烹饪方法。烧螺蛳前必须先把其尾部剪去，使其上下通气，便于烧熟后嘬出肉来。做法主要有三种，一是热油爆炒，待那层厣与肉身脱开，便可以加料酒、大蒜、盐或酱油了，汤滚起就可以出锅。二是酱爆，步骤与上面基本相同，区别在于炒时加的是豆瓣酱，再加些山粉之类。三是大汤，炒到一定程度，加上大蒜、辣椒等调料，再加上一定量的水，烧开即可。这种烧法的螺蛳嘬肉比较容易。

　　宁波沿海还有一种小型的螺，叫割香螺，味道十分鲜美，但有毒，政府规定不能食用。有人胆子大，悄悄地从海涂捡来，养上几天，不知道用什么方法让其将毒素吐了出来，然后洗净爆炒，吃了以后居然没有发生过中毒事件，于是吃的人多了起来，价格猛涨。

贝壳类食物由于壳在外肉在里，所以食用时有点吃力，有时要讲点技巧，有时还要借助工具。比如吃青蟹，两只大蟹螯的肉怎么搞出来，用刀背敲碎或用钳子钳碎挑出肉是一种办法；把大蟹螯中一个能活动的钳子掰下来，然后用筷子把里面的肉捅出来，也是一种办法。最佩服的是87年版《红楼梦》里贾雨村吃大闸蟹的本事，中秋那个晚上，甄士隐请他吃了两只螃蟹，吃完后，蟹体还是完整的。熟能生巧，说明之前贾雨村的日子过得并不差，至少每年都能经常吃到大闸蟹。

宁波农业发达，平原除主产水稻等粮食外，还大量种植蔬菜瓜果等作物。青菜、萝卜、白菜、花菜、油麦菜、菠菜、苋菜、蒿菜、莴笋等等，品种繁多，还有可做菜的葫芦、夜开花、辣椒、茄子、豇豆、大蒜、洋葱、马铃薯、西红柿、豌豆、蚕豆、南瓜、冬瓜、青瓜、苦瓜等；可以做水果的西瓜、脆瓜、甜瓜、黄金瓜、蜜桶瓜以及草莓等；还有可以做主食的青玉米、甜高粱、番薯、芋头等。山上、溪边那一片片的竹林，几乎季季出笋不断，春有毛笋，夏有鞭笋，冬有冬笋，早春还有雷笋。只要人勤劳，这块土地什么都能种出来。

宁波人对蔬菜瓜果也是情有独钟，家里的食谱肯定是荤素搭配，有鱼有肉必有菜。可如何将蔬菜做得有滋有味？宁波人有好多办法。

"宁波烤菜"是远近闻名的特色菜，吃过的都认为好吃，但不知如何烧制。其实很简单，选择叶子较嫩的青菜，洗净晾干，待镬烧红将菜倒入，反复翻炒，见菜杀青脱水，加入红糖、酱油，也可放几颗茴香，再倒入素油，文火慢煮，直到镬底只剩少许水，即可起锅。这时青菜转为褐红色，料理全部进入菜梗菜叶，吃到嘴里软软的、甜甜咸咸的，风味独特。因为只有宁波有此烧法，所以被称为"宁波烤菜"。

冬至吃烤大头菜是宁波的风俗。大头菜因长在土里的块根巨大，故名。冬至时分的大头菜经过霜雪的锤炼，所含的淀粉大都转化为糖

芥菜年糕（沈国峰摄）

分。切块放在镬里烤上一个小时左右，加入酱油、素油等后，便可上桌了。一般家庭烧大头菜时还会捎带放入年糕块一并煮，烧成后，镬里既有软糯香甜的大头菜，又有入色入味的年糕块，吃一口年糕，再助一口大头菜，一餐饭其他的就不想吃了。

油焖笋、蒸芋头、虎皮青椒、烤豇豆、扁笋毛豆子、菜心草菇、香干马兰、素东坡等都是宁波人经常烹饪的蔬菜美食，也是宁波人喜欢吃的素食。

宁波人烧菜还善于"化"和"配"。"化"，就像《道德经》所说的"道生一，一生二，二生三，三生万物"。比如，一条青鱼，头部做汤，中部做酸菜鱼片，尾部做红烧划水；一只冬瓜，一部分做汤，一部分红烧，一部分腌制；一只梭子蟹也是如此，可以清蒸，可以油拖，可以煲汤，可以与茭白等混炒。"配"就是食材之间的搭配，比如芹菜炒目鱼、肉饼子炖蛋、葱烤鲫鱼、霉干菜烤肉、三鲜汤、青菜粉丝等，不同食材科学合理搭配，不仅外观漂亮，而且博采众长，味道独有，营养全面。其中搭配得比较好的是一种叫"糊剌"的菜肴。

做"糊剌"主要掌握两点：一是搭配的食材种类，一般两种以上；二是勾芡的浓度要适当，太薄叫"浆"，太厚变"面"。"糊剌"因食材不同有不同叫法，如"肉糊剌""鳝丝糊剌"等。"肉糊剌"的主要原料是肉丝和菜类，菜可以是青菜、大白菜，也可以是荠菜、蒿菜，还可加入蘑菇、笋片等辅料。烹饪时先将肉丝在油锅里爆熟铲起，再炒青菜，掉色后倒入肉丝，放点盐，加水煮沸，加入已搅拌均匀的淀粉液，再用锅铲轻轻地搅动几下，一碗"肉糊剌"就做好了，待稍冷再加一勺素油就更完美了。"鳝丝糊剌"又称"鳝油"，是宁波的名菜。主料为黄鳝煮熟去骨后的肉丝和韭黄。做菜时，热锅热油炒熟韭黄，加水烧开，倒入鳝丝，放盐，翻拌均匀，勾芡山粉，沸起熄火，舀入盘内，顶上做成"火山口"形状，在上面浇上一勺香油，一道宁波名菜"鳝油"便在众人忍不住流出来的口水中诞生了。

前文曾经说到宁波人的咸口味，说到宁波人喜欢吃的呛蟹、泥螺、臭冬瓜之类。作为一种美味，腌制过的海产品和瓜菜真的让人流连，让人产生乡愁，让人回忆起外婆和妈妈的味道。比如腌制臭冬瓜，过去宁波农村几乎家家灶间都安放着几只甏，用于腌制食品，自家种的冬瓜采摘后，除了新鲜吃外，就是腌制。腌制分熟腌和生腌，熟腌要将冬瓜先余熟，冷却后放盐，放入一只专用的甏里，并倒进臭露，密封一礼拜左右即可食用。生腌就是将冬瓜切成方方正正的，放入甏内，一层层加盐，倒进若干臭露，密闭发酵二十天左右。生腌、熟腌味道有所区别，生腌的味道更鲜，臭味更浓烈。由于臭冬瓜的气味外地人受不了，现在高档饭店不再提供，上桌的只是盐冬瓜而已。

同样，呛蟹也是家家都做。梭子蟹上市季节，喜欢吃呛蟹的都会腌上几只。对体形饱满、团脐有膏而又鲜活的蟹，一般会整个腌制，

呛蟹（沈国峰摄）

按蟹多少配成一定量的饱和食盐水，找一个容器，把蟹浸泡在盐水里，一天一夜便可以吃了，这便是呛蟹。另一种做法是将鲜蟹切成块，变成蟹管，放入一只大瓶，加酒、加盐、加生姜大蒜，一天后即可食用。再一种叫蟹酱或蟹糊，做时要将蟹切碎成糊状，再加盐、糖等料理腌制，这种蟹糊由于便于包装和冷藏，市面上最常见，但往往有加工厂往里面掺和了芋艿糊等，影响了质量。

值得一说的是另一种美味——鳗鲞。过年前，宁波人都会去市场买两三条大小不等的海鳗，拿回家从背部剖开，清理干净内脏，抹上盐，挂在屋檐下，不晒太阳，让冬天的西北风自然吹干。春节期间蒸

晒鱼鲞（沈国峰摄）

熟招待客人，是一道拿得出手、很有面子的特色菜。

宁波人不仅会把海里水里、田头栏尾的食材做成美味佳肴，而且也会把树上的果实挖掘出另外的功能，做出另类的味道。

木莲冻是过去宁波人夏天消暑解渴的一种饮品，取材于缠绕在墙头的木莲藤（实际上为薜荔）所结的果实。这种果实里含有丰富的果胶，果胶溶于水并结成冻状，加入适量的薄荷水，放入冰箱冷冻一会儿。吃时再加些桂花和糖水，一勺入口，爽爽滑滑，冰凉清甜，那清凉的味道直沁心田，比那冰激凌还要可口许多。

杨梅是余姚、慈溪的特产，每年夏至前后是杨梅成熟上市的季节，一般半个月时间就落市了。由于集中上市，又不易保鲜，吃不完的杨梅如何保存是个令人头痛的问题，除了卖给食品加工厂做杨梅果脯外，民间普遍的做法有两种：烧杨梅汤、浸杨梅酒。将杨梅加水放在锅里煮，烧开后灌入瓶子保存，作为饮料喝，就是所谓杨梅汤。将一只只杨梅放入玻璃瓶，倒入土烧酒浸泡，半年后鲜红的杨梅颜色转淡，酒色转红。试喝上一口，酒有点甜，酒味淡了，再咬一口杨梅，基本没有原来的酸甜味，而是浓浓的酒精味，原来酒中的酒精大都渗到杨梅里去了。这杨梅酒进口柔和，甜甜蜜蜜的，但有后劲，北方人初喝容易喝多，醉了还不知是如何醉的。当然，喝杨梅酒主要是为了保健和治病。据研究，杨梅酒有以下功能：

一是增进食欲。杨梅酒鲜艳的颜色，清澈透明的体态，使人赏心悦目；倒入杯中，果香酒香扑鼻；品尝时酒中微酸味，促进食欲。所有这些使人体处于舒适、欣快的状态，有利于身心健康。

二是滋补。杨梅酒中含有有机酸、氨基酸、维生素、矿物质，这些都是人体必不可少的营养素。它可以不经过预先消化，直接被人体吸收。特别是体弱者，经常饮用适量杨梅酒，对恢复健康有利。

三是抗氧化。杨梅酒中的酚类物质，具有抗氧化的功能，可以防止人体代谢过程中产生的反应性氧对人体的伤害。

四是减肥。杨梅酒中的有机酸，可直接参与体内糖的代谢和氧化还原过程，增强毛细血管的通透性，还能降血脂；能阻止体内的糖内脂肪转化，有助于减肥。

五是提高免疫力。杨梅酒属强碱性食品，能平衡人体 pH 值，阻止癌细胞在体内生长，提高人的免疫力。

杨梅酒（沈国峰摄）

六是抑制细菌生长。杨梅酒中的植物酸对大肠杆菌、痢疾杆菌等细菌有抑制作用，能缓解痢疾腹痛，对下痢不止者有良效。杨梅性味酸涩，具有收敛消炎作用，加之其能够抑菌，故还可治各种泄泻。

这样看起来，杨梅酒的确是个宝。宁波人像对杨梅这样，对一些水果进行简单加工，目的是既能较长时间保存，又能开发出更好的味道和其他的辅助功能。将吃不完的桃子在锅里煮成浆状，做成桃浆，放在冰箱里，便可随时食用了；将红豆杉的果子浸泡在烧酒里，经常适量饮用，据说可以防癌症；等等。是的，珍惜收获，才能享受生活。

15 待客与做客

宁波人要面子，即使家里穷得揭不开锅，在外面也要显得光光鲜鲜，俗话"搽搽珍珠霜，喝喝咸齑汤"，说的就是这种死要面子的现象。过去老百姓普遍穷，平时家里来了客人就比较尴尬，因为实在没有什么可以招待的，但又不好怠慢了，真是急死主人家。主人一面要笑脸相迎，满腔热情；一面脑子飞快运转，用什么招待呢？好在地里种着菜，笼里养着鸡，抽屉里还有几只鸡蛋，急急忙忙张罗着，割菜、杀鸡，再从甏里取几块臭冬瓜、一碗苋菜管，基本的食材有了，尽管杀一只鸡有点心疼，但能有东西招待客人也就顾不得了。

客人来访，一方面是亲情使然，有的是看望长辈，有的是探望病人，有的是来贺喜，有的是怕长久不走动冷了亲戚关系。另一方面可能是家里碰到了困难，想求亲戚帮忙的。无论何种目的，来了都是客，主人肯定要好好招待，留你吃了饭再走。吃饭时，不管"下饭"好坏，主人几乎都要讲一句客套话："下饭呒咭，饭吃饱。"意思是实在没什么菜，但你们饭要吃饱。对路远的客人，主人还会给他安排好房间住下来。对客人提出的要求，如果属于出力能解决的，主人会

渔乡来客（卓慈佳摄）

爽快地答应下来；如果是借钱，就要看钱用于什么以及过去对方的信誉度如何。宁波人对借钱给人有一个原则，叫"救急不救贫"，意为人家遇到了突发事件，家里出现了巨大困难，请求帮助时，要伸出援助之手。如生了急病、小孩没钱上学、遭遇了自然灾害等，人家开口借钱，那么一般都会尽可能帮助的。

待客十分吝啬的人，社会舆论会进行讽刺谴责。老底子流传下来这样一段邻居间的对话：

邻居甲：你家来了客人？

邻居乙：是的，舅舅家的，来了三个。

邻居甲：好呀，舅家人亲，那要好好招待。

邻居乙：是的。可惜没菜。

邻居甲：怎么会没有？鸡笼里有鸡可杀，蒲棚里蒲瓜可摘。

邻居乙：杀鸡丧性命，蒲棚蒲了藤。

邻居甲：呵呵，小气小气。

没菜，招待客人只有酱油拌饭了。

宁波人的好客程度，从地域来看，是农村强于城市，山区、海边强于平原，南边强于北边。当然这也是相对而言，风俗不同、个体性格不同，待人接物的热情程度都会有所不同。农村和山区、海边的民众由于受外来文化的影响较少，仍然比较多地保留着淳朴真诚的民风，心里一直认为既然是客人就要好菜好酒待着，不能怠慢。客人酒足饭饱才是看得起他们。本人有一次去象山，朋友招待吃饭，满桌的海鲜，红酒开了好几瓶。我说这段时间医生不让喝酒，朋友找了许多理由劝进，什么好长时间没见面了、这点小毛病不影响喝酒、医生的话不能全听、酒都开好了不喝浪费等等，反正不喝不行。那就喝吧，开了闸就收不住了，一杯一杯地敬，面前的桌子上堆满了菜，也不管你喜不喜欢吃，就放在你前面。待到月上柳梢，满天星斗，终于吃完了。酡红的脸，步履蹒跚，应该回房间休息了，想不到朋友又预订了夜宵，说10点钟出去再吃点，就这样又折腾一晚上。像这种好客过去在象山、宁海是普遍现象，现在偶尔也有，但大大减少。有不少乡村仍然一如既往，待客热情如火，如果你住在当地，一日三餐都会安排得非常丰盛，有的从早餐开始就请你喝酒，中餐、晚餐都有酒，让你整天都晕乎乎的，只知道吃与喝。

  城市里由于服务业比较发达，偶尔来个把客人，招待起来比较容易。过去收入低，来了人基本上都在家吃饭，没有预备菜，转身马上到熟食摊买半只白斩鸡、半斤烧鹅，再到小店买一包椒盐花生米，下酒菜就有了。现在主人嫌在家吃饭又要洗又要烧的，麻烦得很，招待客人时兴放在饭店，订一张桌或一间包厢，点一桌菜，带上几瓶红酒，连带全家老小，快快乐乐吃上一顿，完了埋单走人，省心省力。如果客人要住宿，也一并安排在宾馆了。这种招待现正成为常态，可能也是美好生活的一部分吧。

  其实，宁波人并不喜欢热闹，到亲戚朋友家做客，并且要用饭的，一年没有几次，主要发生在春节、清明节等节日以及红白喜事、祝寿、庆生、造屋上梁等时候。宁波人讲礼节，走亲访友一般都要带上礼品。比如，春节期间多是小辈拜望长辈，礼物以红枣、黑枣、桂圆、荔枝以及人参、鹿茸等滋补品为主，也会送烟酒之类的消费品；祝贺新婚一般就送一个红包；祝寿有送酒的、送滋补品的、送匾额的，只要老人喜欢就行；祝贺人家生小孩的，送衣服的，送金项圈、金手镯、生肖玉器的都有；祝贺人家造房上梁的，送的比较简单，就是一笼或几笼敲有红印的豆沙馅馒头；吊唁去世的，大多送一条重被、几叠锡箔。但各地风俗不同，送的也会有所不同。

宁波人到别人家做客，免不了吃餐饭，但不喜欢住在主人家，除非路途特别遥远。一来不想过于给主人添麻烦，二来自己也住不惯，所以吃过饭就急急忙忙往家里赶，主人再三挽留也没用。但有两种人到两个地方去住下后是不大肯回家的。一是小孩到外婆家后赖着不肯走。宁波人称外孙为"皇帝"，意思是外公外婆宠着小外孙，舅舅舅妈也对外甥很放纵，小孩到了外婆家脱离了父母管教，又有好吃好玩的，当然不肯回家。另一是毛脚女婿，在准丈母娘家，被当作娇客，好酒好菜招待着，特别是未婚妻陪在身边，怎么肯回自己家呢？这就是宁波老话说的："小时外婆家，大时丈母家。"

为了减少客来客往的麻烦，少数宁波父母对子女找对象有特殊要求，就是不同意找外地人、乡下人，要求媳妇、女婿是宁波城里人，认为与外地人、乡下人结了亲，以后亲戚来往，要吃要住，还要介绍工作、照顾看病，事儿太多。但这种顾虑对子女的作用仅仅是参考性的，如果找对象到了谈婚论嫁的程度，哪管对方是外地人还是本地人，父母也只能叹息一声，随他去了。

到别人家做客，临出门时父母会对未成年的子女进行一番教育，主要是提醒小孩子到了别人家要有礼貌，要会叫人，人家送的东西不能要，人家家里的橱柜抽屉不能翻，与人家的孩子不能吵架等，以体现家教修养，为自己争光"扎面子"。

16 内外兼顾

男主外、女主内是中国家庭夫妻之间的传统分工,即男人在外打拼,为家庭提供收入来源、生活保障;女人则操持家务,哺育孩子,服侍公婆,保证家庭平安和顺、温馨舒适。宁波家庭的男人、女人过去

执子之手(沈国峰摄)

也是如此，比如，二十世纪二三十年代，大批未婚的、已婚的宁波男人背井离乡，到上海学生意、做买卖，爷爷奶奶、父亲母亲及其年轻的妻子甚至儿女都留在宁波乡下，在上海赚了钱便迫不及待地寄回家，怕乡下亲人没钱用饿着、冻着，母亲及妻子就在家承担起全部家务，把家打理得井井有条，好让出门在外的男人放心。位于镇海的宁波帮博物馆里展示着一首流行于那个年代的童谣，比较形象地描述了男人在上海，家庭在宁波的生活情景：

> 小白菜，嫩艾艾，老公出门到上海。
> 上海末事带回来，邻舍隔壁分眼开。
> 小白菜，嫩艾艾，老公出门到上海。
> 十元廿元带进来，介好老公阿里来。

现代社会，夫妻分居两地的现象已经大大减少，绝大多数夫妻都在一个屋檐下生活。夫妻扮演好各自的角色，对一个家庭的和谐发展至关重要。宁波男人多数都比较平和温敦，既不像北方男人那样有大老爷的架势，也不像上海小男人那样买汰烧擦，包揽家务，满足于过小日子，而是主外又帮内。宁波男人会赚钱，但顾家、疼老婆。下班回家，很少会往沙发一躺，一门心思玩手机、看电视，如果妻子还没回，必定先在厨房里张罗起来，淘米、洗菜干起来再说；如果妻子已经在忙活了，男人便做帮手。夫妻之间也有大体分工的，男的负责买菜洗菜烧饭、拖地维修，女的负责洗碗洗衣服。孩子小的时候，以女的为主照看，男的做副手。上幼儿园以后，则由两人共同负责，比如接送，谁离得近谁为主承担；比如做规矩，两人默契结成统一战线。这种家庭在宁波占了大多数，宁波社会比较安定与家庭比较和谐是分不开的。

当然，一个家庭，女人肯定占据着主导地位。过去妻子的主要职责是相夫教子、侍奉公婆，现在可不同了，女人基本上都是职业女性，有较高的文化素养，有自己的事业和追求。在单位要强，回到家该做的家务一份不少，而且做饭、洗衣、打扫卫生、照顾孩子等最辛苦的活都是女人干的。有人说女人干的都是一些小事琐事，男人在家里才是决定大事的。且不说女人做的这些小事琐事对于家庭的重要性，说说家里所谓"大事"到底谁的作用更大些：生孩子是夫妻双方的事，但决定权在女方。买房子即使按揭，也要有首付，首付最起码几十万上百万，钱哪里来，主要靠积蓄。宁波家庭的潜规则就是太太掌握财权，男人只有一点零花钱。如果男人要买房子，女人不肯拿钱也是白搭。儿女找对象，父母要引导、参谋，做父亲的往往态度生硬，讲的再在理，子女仍然听不进；而母亲做工作就不同了，和风细雨，循循善诱，儿子女儿都听得进，不知不觉之中影响了子女的择偶观。这些家庭大事的处理应该说都是女的在起主要作用，男的所谓家里大事他做主的话，无非是想在外面显示一下自己的自尊而已。

反过来，宁波也有一些夫妻，双方都有工作，都不想做家务，吃的是快餐，脏衣服堆积如山，房间灰尘厚积，垃圾遍地，那么这个家就不像家，更无温馨可言。

男大当婚，女大当嫁，是人生的普遍规律。过去生男孩忧心忡忡，担心成年后找不到对象，变成光棍，所以父母要千方百计赚钱积蓄，为儿子娶媳妇备彩礼、造房子做准备，有些家里穷的还为此背了债。而女儿却不愁嫁，因为再丑的女儿也会有男人中意的，再说嫁妆的钱男方会拿过来，父母亲心里很坦然。最近十几年来，似乎情况有了逆转，就是男的吃香，女的嫁不了。宁波城市里，男孩子大学一毕业就有人打听这是谁家的孩子，有没有对象，要把女孩子介绍给他，即使是三十几岁的甚至离异有小孩的男人也不乏追求者。而女孩子呢，上大学期

你是我的眼（沈国峰摄）

间就有亲戚朋友怂恿谈恋爱了，如果到了二十五六岁还没男朋友，父母就着急起来了，到了二十七八岁还是没有，那个女儿就会不停地被领着去相亲，耳朵根就不会清净了。事实上，现在很少见到男的打光棍，除非心理、生理上不正常，倒是经常看到三十几岁近四十岁的女人还处于单身状态。离婚的女人要再婚就更难了。观察这种现象可以发现，大龄女子多是受教育程度较高，好多有硕士博士学位，有体面的工作职位、较高的社会地位。起初对另一半有较高的要求，不符合心中标准的不肯屈尊迁就，而符合心愿的，人家往往已经有主了。从男人来说，许多人从大学开始谈恋爱，有的甚至同居，大学毕业各奔东西，修成正果的很少，参加工作进入社会又变成香饽饽，对象找了好几个，也不着急结婚成家，直到接近三十岁，觉得玩得差不多了，在父母的再三催促下才考虑婚姻大事。现在宁波男孩找对象有几"要"几"不要"：要年轻漂亮，不要岁数比自己大的；要工作稳定、自由度高的，不要"三班倒"的；要职务、地位比自己低的，不要当官的、老板的女儿，也不要当官的女人。另外，宁波人找对象还有个前提条件，就是对方最好也是宁波人，其次是江浙沪一带的。因为女方父母不希望女儿远嫁，怕受苦；男方父母也不希望儿子娶个生活习俗差异太大的媳妇，以后婆媳关系更难处理。

宁波民营企业老板多，有的父母希望自己的儿子找一个老板的女儿做老婆，可以使儿子少奋斗几年就能享受比较富庶的生活。可年轻人不这么想，觉得找有钱人的千金做老婆，钱是多了，可地位没了，家里的话语权被剥夺了，还担心富家小姐娇生惯养，容易患"公主病"，难侍候。凭自己的能力不愁吃不愁穿的，何必为了钱而低声下气。当然也不能说富家小姐就没人喜欢，优秀的富家女多的是，身边也一定有许多追求者，萝卜青菜各有所爱而已。

宁波女人精明能干也是出了名的。前几年有一部长篇小说《女船王》，讲的是二十世纪四十年代的上海滩，一个宁波弱女子在丈夫被日本人绑架杀害后，以坚强的意志，依靠企业员工，继承丈夫遗志，让家族海运业起死回生的故事，展示了宁波女人外柔内刚、敢作敢为的性格特征。当代的宁波女性更是把聪明才智发挥到了极致，涌现出一大批女领导、女专家、女企业家、女艺术家，为宁波的繁荣发展做出了重要贡献，真正起到了"半边天"的作用。

宁波有一位女企业家，长期从事海产品的进出口贸易，经常五洲四海地跑业务，生意越做越大。但也有烦恼，就是有时货款迟迟不能到账。有一年末，为了要回一笔货款，她产后刚"双满月"，便只身前往越南追债。对方在饭桌上说，你能一口气把这十瓶冰啤喝下，我便马上把钱打给你。想到等着资金周转的企业，想到岁末等着发工资的几百号员工，女企业家二话不说，真的按要求把啤酒喝了，对方不得不兑现承诺。那种勇气、那种忍辱负重，恐怕有些男人也做不到。

宁波诺丁汉大学——教育部第一例批准筹建的中外合作大学，创建人也是一位女性。徐女士原是一所中专学校的校长，怀着教育报国的雄心壮志，经过12年艰苦创业，探索出万里办学模式，提出了"教育经济一体化"的办学理念，组建了从幼儿园到大学的教育集团，成为女董事长。女校长的办学史，几乎是被泪水浸泡着。办学是一件非常艰辛的事情。为了实现自己的梦想，她和同伴一起，招聘老师，添置设备。为了节约花费，他们自己粉刷墙壁，油漆门窗，打扫厕所。作为一家民办学校，为了获得教育部门的批件，不知要到主管部门跑多少次，讲多少好话。但是，几经周折，还是有一个部门的负责人迟迟不肯盖公章，一直到最后期限。"今天已经到了最后期限，章再敲不出来，我就完了。"要强的她并没有在这种挫折中退缩，她与同伴一起守在负责人家所在的巷子口，眼看着这个负责人进了家门，但是，当他们打电话去时，回答却是不在家。一直等到半夜12时，负责人家的灯灭了。在这种走投无路的情况下，她撕下贴在墙上的告示，一口气写了3000多字的信，她把自己办学的初衷和难处通通写了下来，然后塞进负责人家的门缝里。早起的这位同志看了这张纸上的内容后，被深深地感动了，这枚章也终于盖下来了。

张女士，外表看上去瘦瘦小小、柔柔弱弱的一个小女子，但干事业却意志坚定、百折不挠。她早年办过审计师事务所，开过典当拍卖行，后来热衷于动漫影视产业，其旗下民和文化公司与有关部门合作，创制了动漫电视剧《少年阿凡提》，结果一炮打响，迅速走红，并接连获全国"五个一工程"奖、中国最佳动漫片奖等大奖。成功能够激励人的闯劲。不久她又开始了大动作，在宁波高新区拍了一块土

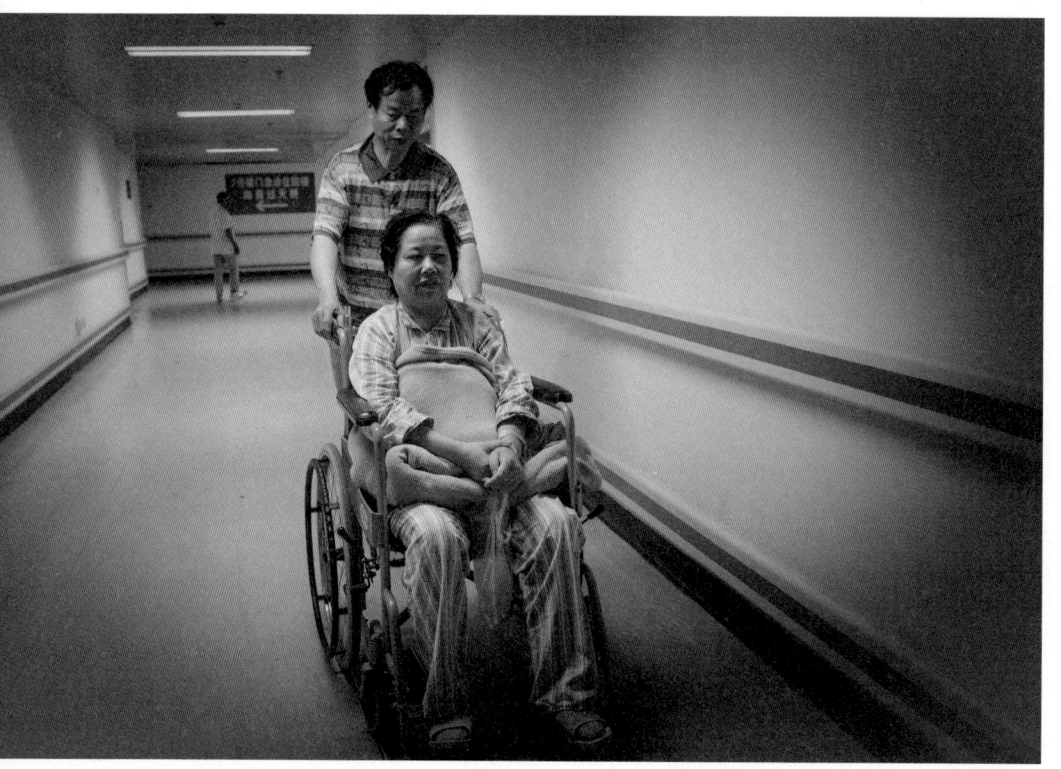

陪伴是最长情的告白（沈国峰摄）

地，计划打造宁波影视文化集聚地，取名扬帆广场。房子很快造起来了，广场区位条件优越，外观漂亮，实用性强，可偏偏那个时候碰到经济寒流，企业不景气。一方面大量资金已投入，一方面售、租、招都遇到了困难，这可愁坏了这个小女人，估计有好多个晚上睡不着，眼泪也不知流了多少。好在天无绝人之路，两家银行进来了，肯德基来了，单身公寓售出了，影视公司、文化公司等也陆续入驻了。现在扬帆广场一派兴旺，已经成为宁波文化产业发展的一个重要基地。

百年修得同船渡，千年修得共枕眠。一男一女结成夫妇是前世的缘分。人们对夫唱妇随、举案齐眉、相敬如宾、白头偕老的追求，关键还是体现在日常生活的点点滴滴之中，而且潜移默化，内化于心、外化于形。

曾经有一位少妇在聚餐的时候"撒狗粮"，说她老公喜欢搓麻将，因为赌注小，又是朋友之间玩，她也不制止，又怕老公玩得太晚肚子饿，便烧一碗桂圆甩蛋之类的点心放在保温杯里，告诉老公歇手时吃一点，自己睡觉去了。我相信这是一种发自内心的爱。宁波的女人在丈夫出差时，会仔细地帮着整理好行李箱，按照出差天数给他带上替换的袜子和内衣内裤等一应生活用品，丈夫只要提着箱子上车就行，一点不用操心。丈夫出席重大活动，只要说一声，女人早就给他准备好了全套行头，因为有句话说，男人的衣着女人的面子，意思是男人的穿着打扮都是女人的事情。如果男人着装得体，风度翩翩，人家一定会说这个男人福气好，家里的女人手巧，审美标准高，善于打扮；反之，男人衣服脏兮兮的，衬衣皱巴巴的，人家也肯定会说这户人家的老婆真懒惰，老公衣裳好几天没换了，一点不注意形象。

同样，宁波的男人大多也是比较体贴自己的女人的，尽管对陪同逛街比较勉强，但拎包是分内事，代妻排队肯定跑不掉。出国或出差回来，可以不给自己买东西，但老婆的礼物是一定有的。如果老婆事先交代过，那么即使找遍所有的店铺也一定要买到的；如果老婆说我什么都不要，男人也会带回化妆品、金银首饰、包包等送给老婆。

17 地域与语言

宁波这个地方,作为行政单位,历史上管辖的范围几经变化,名称也改了好几次。宁波最早的历史可追溯到7000年前的河姆渡文化。宁波的行政区域在唐代以前屡次更迭,始终没有形成一个完整的地域概念。夏时,宁波所在地称为鄞。根据《尚书·禹贡》记载的古九州,宁波属于扬州。春秋时,宁波为越国地,战国中期以后为楚国辖地。周元王三年(前473),勾践筑句章城,城址位于今宁波市江北区慈城镇城山渡附近,这是宁波境内最早的城池。公元前221年,秦统一六国,宁波大部属会稽郡,置鄞、鄮、句章三县(一说鄞、鄮、句章、余姚四县)。西汉初年,宁波所辖地域属于吴国。七国之乱平定后,吴王刘濞兵败被杀,恢复会稽郡。西晋太康元年(280),始设宁海县,属临海郡。

唐朝,宁波正式建制。当代宁波市所辖范围在当时已经基本确定,宁波市内许多延续至今的建筑和地名也来自这个时期。

隋开皇九年(589),并句章、鄞、鄮、余姚四县为句章县,设治小溪,隶属于吴州。大业元年(605),改吴州为越州。三年复改

句章故城遗址（沈国峰摄）

会稽郡，句章隶属未改。唐武德四年（621），原句章、鄞、鄮三县地置鄞州，这是宁波历史上建州之始。八年改称鄮县，属越州。开元二十六年（738）设明州，辖鄮、慈溪、奉化、翁山四县，州治小溪（今宁波市鄞州区鄞江镇）。据称，"明州"名称的来源与四明山有关。天宝元年（742）改名余姚郡，乾元元年（758）复名明州。与此同时，神龙元年（705），置象山县，初隶台州，广德二年（764）划隶明州。元和四年（809）置望海镇，即今镇海区和北仑区所在地。乾宁四年（897）

改名静海镇。就此,宁波市和市域各县市建制基本确定。唐长庆元年(821),州治从鄞江桥迁至三江口,并建子城,是为宁波建城之始。

为避朱明朝国号讳,明洪武十四年(1381)二月二十四日,明州因辖有定海县,取"海定则波宁"之义,更名为宁波。这一地名一直沿用至今。

整个清朝及民国时期,宁波的行政区划基本保持稳定。直到新中

国成立之初，宁波的行政区划才发生了相当大的变化。1949年11月1日，调整原鄞县、镇海、慈溪所辖区域，镇明、海曙、江东、江北四区公所成立，形成宁波中心城区。1952年，原属台州的宁海县改隶宁波专署，后几经调整，于1983年隶属宁波市至今。1953年6月3日，定海县划归舟山专区，1987年成立舟山市。1954年10月15日，调整余姚和慈溪所辖区域，划原镇海、慈溪、余姚北部地区建立

慈城古建筑群（沈国峰摄）

新慈溪县，治浒山镇。慈溪原县治慈城镇归属余姚县，后改为归属江北区。1984年，析镇海县成立镇海区和滨海区。1987年7月4日，滨海区更名为北仑区。至此，宁波市域诸县市所辖范围基本确定。

从这个地域范围的变迁可以看出，构成宁波城市核心的是鄞、鄮、句章，即现在的鄞州区、海曙区、江北区及奉化、镇海、慈溪的一部分，至今仍然是宁波的核心区域。宁海、象山、余姚、定海（舟山），归属地变动比较频繁，如宁海、象山原为台州辖下，后划归宁波；余姚一会儿属明州，一会儿属会稽，最终又归属了宁波；定海历史上一直归属于宁波，新中国成立后，出于解放台湾、巩固海防的需要，于20世纪50年代中期才从宁波独立出去。

行政区域的变动，就像妙笔生花一样，派生出许多美妙的事情来，直接影响了子孙后代的文化传承、生活方式，促进了文化交流与社会融合。比如，对文化名人祖籍地、出生地之争，从正面来看，有利于名人文化的传播和弘扬，并不是坏事。王阳明是明朝人，由其集大成的心学学说至今仍然被推崇备至。其出生地为浙江余姚，余姚现属宁波市管辖，宁波人说王阳明是宁波人理所当然；可绍兴人说，余姚在明朝时属绍兴府，王阳明的墓又在绍兴，所以王阳明理应是绍兴人。两地明面上争来争去的，却都把心思放在对阳明文化的挖掘和研究上，形成了学术成果运用上互帮互促的局面，所以这种争是有益的。但也有伤了和气的争。宁海原与台州三门同属一个县，宁海长街镇有个西岙村，这个村里有一座古墓，传说是南宋右丞相叶梦鼎之墓。三门叶姓后代以其为荣，认其为祖先，但对宁海叶氏独霸祖坟十分不满，由此引发的纠纷延续几十年而不息，甚至相互械斗互有伤亡。发生这种本是一家人，却因为区划调整闹得头破血流的荒唐事，实在有失体统。对当代名人的出生地之争也时有发生。余秋雨先生，1946年出生在浙江余姚县桥头镇，20世纪70年代中期桥头镇划归慈溪市

《浙江省全图》局部

管辖,余秋雨先生变成了慈溪人,两地也曾经争过余先生到底算哪里人。后来大家想明白了,余先生还是余先生,余姚人可以说他是余姚人,慈溪人可以说他是慈溪人,都不否认。余先生也一样,左右逢源,两边都好。

行政区划的调整对于资源配置、遗产传承会有一定的负面影响,但对文化的融合和多样性发展肯定是有利无害的。从语言角度来说,江南地区方言众多,即使隔壁的两个村,说话的语气、声调、字音也会有所不同,更不用说相距几十公里、几百公里的不同地方了。方言多固然与过去交通闭塞、人员往来少有关,更多的与居住地的历史、地形地貌及人们的职业习惯等有关。比如,以鄞州一带方言为主体的宁波老话，发音直白，用词形象生动，人们嗓门响亮，这与鄞州靠海、空间宽广有关。象山有个镇叫爵溪，靠海，与县城有山相隔，至今其方言仍自成一体，与象山其他地方有很大区别。原来爵溪这个地方在明朝洪武年间设过千户所，以保卫海防和抗倭。千户所是"卫"所辖的军事单位，一般拥有兵力1120人，千户长为正五品官。这些官兵都由北方过来，都用北方话说话，即使转业后在当地安家落户，但乡音难改，这样代代相传，至今仍然讲着变了种的北方话，当然也吸收了部分象山当地老话，形成了独特的爵溪"所里话"。象山曾经划给过台州，因此有一些地方的语言就掺杂着台州话的元素，如东门、高塘、檀头山一带，老百姓说话声音高亢响亮，带有浓重的台州口音。象山话总体上属于吴语宁波话，但特色明显，尤其是说句尾词时语气软和，升调明显。同时，象山方言中有不少与海洋、鱼类相关的词语，比如，形容做事容易称为"撮虾过酒"，用"气煞鲑鱼"表示生气不说话，用"大水虾射"比喻一个人无主见（虾射是海蜇的别称），等等。

宁海话既受宁波话的影响，也受台州话的影响，属于宁波话与台州话的过渡性方言，其实宁海桑洲一带的语言几乎与三门相同，实际上就是台州三门话。桑洲岭以北的宁海话从语音角度讲，有一个明显的特点，就是只有zh、ch、sh，没有j、q、x。宁海城关有家四星级酒店叫新世纪大酒店，"新世纪"三个字，宁海人念成"生世致"，如果外地人听这个发音，还以为是另外一家酒店呢。宁海人把"书记"念成"司子"，粗听起来就像"狮子"的发音。"一个人"被称为"一只人（宁）"，于是就闹出了一个笑话。说的是几个农民在田头干活，忽然看到乡里有两位书记下村来，两位书记一姓熊、一姓朱。首先看到的那个农民急忙告诉大家："田头来了两只狮子（书记），一只雄（熊）狮子（书记），一只雌（朱）狮子（书记）。"大家抬头一看，果然来了两位书记。把书记念成"狮子"，刚好符合现在倡导的培养"狮子"型干部的要求。

　　宁海的方言中有不少宁波人不大理解的词语,比如"天亮",鄞州一带人表达的是过去时,表示今天早上;宁海人表达的是将来时,意思是明天,"明天早上"宁海人称为"天亮酷醒"。宁海话里有些词语比较奇怪,不知道出自何方,比如,称油条为"天来丝",称辣椒为"澜夹",称厉害为"煞革",称傻瓜为"恰卵",等等。如果不是当地人,断然听不懂他们在说什么。本人在宁海工作时,想学学当地话,结果出了一个洋相:宁海人喜欢用凤仙花的茎腌制后做下饭菜,名叫"花股子"。有次吃饭我也想要一盘吃,便说了一声"花股子",结果引起了在座的哄堂大笑,我问:"你们笑什么?"他们便笑着说:"大家笑你想吃女人的'花裤子'!"但我没说错呀,估计问题出在说宁海话发音不准上,让他们笑话了。

位于奉化溪口的蒋氏故居(袁建成摄)

奉化属于宁波的中心地带，过去一度归属鄞、句章县，元、明后独立设县，现为宁波市辖区。奉化资源丰富，山海田林湖齐全，山珍海味样样都有，尤其以"三宝"闻名于世。一为血蚶，又叫奉蚶，产于象山港泥涂，硬壳，铜钱大小，开水一泡就能吃，肉质脆嫩鲜美，具有补气血的功能。二为奉化芋头，与蒋光头（蒋介石）、和尚头（弥勒佛）并称"奉化三头"。这种芋头在田里只长自身不产仔，以至于长得像小孩子的头那么大，而且质地细腻，入口粉感十足，或蒸或烩或油氽，都是一道人见人爱的好菜。许多奉化籍的港台同胞回到家乡，亲戚们送他们土特产，唯有芋头，不管多重是必定带走的，其他的可能走时都转送人了，可见此芋头的魅力。三为水蜜桃，大桥、溪口、萧王庙一带广种桃树，每年清明前后，桃花盛开，灿若繁星，徜徉在花海之中，不知是仙境还是人间，也不知今夕何年了。桃子中以玉露为上佳，皮薄核红，汁浓味鲜，气味香甜，食之如食仙果，回味无穷。

奉化话与宁波话基本接近，但差别还是存在的。尤其是莼湖一带，说话是从鼻腔发声的，神态就像咬牙切齿般，不仔细听就难懂了。比如，把"高"念成"勾"，把"老"念成"乱"（"牢"读音通"老"），把"好"念成"和"，宁波人谐音调侃奉化莼湖人，说他们到了宁波东门口，见到那么多高楼大厦，十分感慨，称赞这些楼房高又高，好又好，牢靠又牢靠。用莼湖话说就是"该眼房子勾又勾，和又和，乱靠又乱靠"。逗得人笑断肠子。

由奉化往东走，便是纯粹属于宁波的一个海湾了——象山港。为什么要说"纯粹属于宁波"？是因为与宁波相关的有三个海湾，杭州湾、象山港、三门湾，杭州湾与嘉兴市接壤，三门湾与台州市交界，唯有象山港是宁波的内海湾。这三个湾上都由宁波为主出资建了桥，名称分别为杭州湾大桥、象山港大桥、三门湾大桥。除了象山港大桥，对其他两座，宁波人心里就不大平衡，出了钱取了个别人家的姓名，憋

舟山嵊泗海岛（沈国峰摄）

屈得很。可取名这种事情主要还是依据历史沿革和约定俗成，所以宁波人也只能"望桥兴叹"了。

象山港两岸分布着象山、宁海、奉化、鄞州、北仑等5个区县（市），占到宁波区县（市）的一半，可见其地理位置的重要。象山港往东海的出口处，应该在北仑的春晓与梅山之间的水道。此地海水营养丰富，适合于虾鳗、泥螺、滑皮虾、血蚶等浅海生物的生长，是宁波人吃小海鲜的地方。与北仑隔海相望的是大名鼎鼎的舟山市，一个群岛城市。说它大名鼎鼎，并不是因为它经济发达，而是因为它的海鲜和它的军事意义。20世纪40年代，舟山属于宁波区域范围，舟山人与北仑人几乎融合在一起，生活习俗、方言俚语等都和北仑一

北仑总台山（陈乾斌摄）

样，所以舟山人就是宁波人。香港回归后的首任特首董建华和现任特首林郑月娥均是舟山人，但他们却说自己是宁波人。其实并没错，何况他们俩的外婆家也在宁波。

北仑话90%以上与宁波话相同，只是在少数词语上有差异。比如宁波人对父亲一般叫"阿爸"，北仑人叫"阿大"；宁波人说"没"，北仑人说"嗯呐"；其他就是语调上的差异了。

现在的北仑牛气十足，境内不仅有世界第一大港宁波舟山港，而且有包括宁波保税区、宁波出口加工区、梅山保税港区、大榭开发区、宁波经济技术开发区等5个国家级开发区，经济实力强大，充满活力和后劲。正因为如此，北仑聚集了大批外来务工人员和科技人才，这些天南地北操着不同口音的人群的到来，把北仑的方言天下冲击得支离破碎，使原本没有基础的普通话流行起来，即使住在农村的老头老太，也会因租客上门，来上几句北仑牌普通话。

北仑原来是镇海县的一部分，20世纪80年代为了港口建设和对外开放的需要，宁波把原镇海县以甬江为界，一分为二，设置了镇海区和北仑区。所以北仑区与镇海区的风俗习惯、语言语调相当一致。只是过了澥浦岭，进入慈溪地界，习俗与语言才逐渐起了变化。

慈溪俗称"三北"，是镇北、慈北、余北的简称。讲到三北，上了年纪的人就会想起两样东西：三北豆酥糖和龙山黄泥螺。豆酥糖由黄豆粉、面粉和饴糖混合制作而成，具有香、甜、松的特点，入口易化，散发出浓郁的黄豆香味，酥松，无糖渣，不粘牙，是慈溪知名茶点，老年人尤其喜欢吃。我们小时候也馋得很，冬天做年糕，如果能吃上一只馅为豆酥糖的年糕团，那会兴奋上好几天。龙山一带的海涂营养丰富，所产的泥螺壳呈褐黄色，个头不大，但肉质敦厚，无泥，腌制后脆嫩、鲜味足，是下饭的好佐料。其实慈溪的好东西多得很呢，达蓬山徐福东渡遗迹、上林湖越窑青瓷、庵东海水晒盐、杭州湾跨海大桥等，都是闻名遐迩的。海涂上出产的油蛤、剑鳗、白虾、鲻鱼等，品尝过的人吃了还想吃。

慈溪地处杭州湾南岸，得天独厚的是，整个市域几乎都是海涂围出来的。得益于长江含泥沙量高，在潮汐的作用下，泥沙在这里沉淀，海涂不断生长，即使自然状态下，久而久之也变成了陆地。土地的扩大也带来了人口的扩张，大量的移民在这里安顿下来，屯垦植棉种菜造房，形成村落和市镇。所以，慈溪是一个移民集聚地，像深圳等移民城市一样，这里的人民吃苦精神特别足，创造力特别强，发展也特别快。

慈溪的方言东部与西部差距比较大。东边龙山、观海卫一带，与宁波话基本相同；西边周巷、长河一带，则接近余姚话。还有一种仅限于观海卫城内的话语——燕话。燕话听起来像闽南话，是明朝在此设卫所时士兵们带来的家乡话，与象山爵溪话的形成原因相同，估计卫所裁撤后，好多士兵就地转业，把燕话留在了这里。

彭山塔（沈国峰摄）

慈溪的隔壁是余姚，两个地方都历史悠久，人文深厚。两地人缘相亲，山水相连，风俗相同，语言相通，而且历史上两地的行政区划互有割补，形成了你中有我、我中有你、相互依存的关系。但是亲兄弟也会吵架，上下颌也有碰撞的时候。历史上慈溪、余姚相互斗法的故事说起来也很有趣。比如明朝孝宗时期，余姚谢迁为兵部尚书，慈溪赵文华为工部尚书，两人同朝为官，均为国家重臣，但两人素有矛盾，经常暗里较劲，不分胜负。赵文华由于投靠奸相严嵩，权势更加显赫，在争斗中略占上风。为了破除余姚的好风水，赵文华动了不少心思，他让人在县城附近的彭山上建了一座形如毛笔的塔，要像写字蘸墨一样把余姚的风水沾过来。这事被谢迁知道了，为了破除赵文华的法术，他在余姚城中的姚江上，按照笔架的样子造了一座桥，即现今尚存的通济桥，意为把彭山塔这支笔搁起来，慈溪就沾不到余姚的便宜了。

历史上通济桥并不是谢迁造的，但围绕通济桥的存毁，却不乏谢、赵两人之间生动有趣的斗法故事。通济桥坐落在余姚舜江楼前，为斗拱形三孔石桥，俗称江桥，造型古朴，气势雄伟，海船通过无须扯落风帆，有"浙东第一桥"之称。有一次，赵文华坐官船路过余姚，余

19世纪60年代通济桥一带繁华的景象

姚人见了，便讥讽了他几句："慈溪人官再大，也要从余姚人胯下钻过。"赵文华听了很生气，恨不得把这座江桥拆掉。回京后他向皇帝奏本："余姚有龙山、凤山、蛇山、龟山，美称四灵，还有金锁桥、银锁桥、紫金桥，以及铜湖、玉井、绣花河塘、驿山炮，风景很好，是出人才的地方。"接着又挑拨道，"京城也只有里罗城、外罗城和紫禁城三层，而余姚却有江南城、江北城和皇山城三层，还有一座江桥，长虹横卧，三城鼎立，构成一个大'品'字。风水这么好，以后恐怕要出皇帝。"皇帝听说余姚要出皇帝，那还得了，大怒。赵文华献计道："拆除江桥，可破其风水。"皇帝准奏，赵文华大喜，领旨来余姚监督拆除江桥。此时，谢迁已告老在乡，得知拆江桥圣旨已下，心里着急，为保江桥，他定下计策，暗暗布置定当。赵文华派人来到余姚，暗底下量好江桥桥洞宽度，令工匠将官船加阔到比桥洞的宽度多三分，这样，船到江桥，必定受阻，就可当场拿出圣旨，监督拆桥。赵文华奉旨出行的官船浩浩荡荡地在运河上航行，不数日到了绍兴，即将临近余姚。谢迁得知消息，天未亮便乘快船出城十里等候，赵文华官船一到，谢迁便登船拜访，到中舱分宾主坐下。谢迁传管家招待远来船老大，换上当地老大继续开船。这时，江两岸锣鼓喧天，鞭炮齐鸣，余姚县官带着属下迎接圣旨，赵文华却自顾与谢迁在灯下下棋。官船进入谢迁设置的"瞒天帐"，赵文华这时棋兴、酒兴正浓，浑然不知，蒙在鼓里。不到半袋烟工夫，船舱内豁然开朗，这下赵文华急了起来，忙问到了什么地方，船老大回答："船到了三江口！"赵文华这才知道，船已通过江桥三里路了，慌忙下令："快！快停船靠岸！"官船靠岸，余姚县官带着官吏乡绅，早已赶到这里等候。赵文华走上码头，拿出圣旨宣读："奉旨拆除余姚江桥。"读毕交县官接旨，县官长跪不接。赵文华厉声呵斥："小小知县，竟拒不接旨，该当何罪？"县官按谢迁的授意回答："赵大人，圣旨写明'奉

河姆渡遗址（叶炜摄）

旨拆除江桥'，没写叫本县奉回头圣旨拆掉江桥啊！"这时，谢迁在旁开言道："赵大人，船到桥洞下，你为何不开读圣旨？圣旨回头岂非犯了欺君之罪？"说得赵文华哑口无言。谢阁老又故作圆场，县官接旨，不拆江桥，请赵大人回朝，只好向皇帝假奏已经把江桥拆除了。原来，搭起"瞒天帐"，弄得官船里辨不清黑夜与白天，看不清江桥；船到桥洞，船老大将船身微微向北一倾斜，官船刚刚通过桥洞。就这样，保住了这座浙东第一桥，至今仍巍巍耸立在姚江之上，造福后人。

　　余姚这个地方可不得了，是名副其实的文献名邦。从7000年前的河姆渡文化开始，余姚便文脉不断，从上古取舜姓姚作地名，称余姚，到越王勾践停车秣马的车厩、秦始皇屯兵饮马的马渚，余姚参与了那个群雄逐鹿、刀光剑影的大变局。汉以后，余姚一直以出人才、出思想而著称。东汉光武帝时的余姚人严子陵,被后世范仲淹的"云山苍苍,江水泱泱;先生之风,山高水长"之句吹捧得无以复加。初唐虞世南,被李世民列入凌烟阁二十四功臣之一,官至银青光禄大夫、弘文馆学士,为贞观之治做出重要贡献。到了明清更一发不可收,先后涌现出王阳明、朱舜水、黄梨洲等先哲圣贤,尤其是王阳明先生创立的以"知行合一""致良知"为核心内容的"心学",使中国封建社会的哲学发展达到了顶峰,其许多观点至今仍然具有积极意义。以经世致用为基本观点的浙东学派在黄宗羲、朱舜水、万斯同、全祖望等人的研究推动下,成为清初以后思想界、学术界的重要流派,对后世产生了深刻影响。

余姚拥有宁波最大山脉四明山的核心地带,其中的梁弄镇是全国十七个抗日根据地之一。为了民族独立、人民解放,一大批革命志士在这块土地上与敌顽进行了艰苦卓绝的斗争,形成了与红船精神、延安精神高度一致的四明山革命根据地精神,这就是"服务群众、相信群众、依靠群众的民本精神,不屈不挠、自强不息的斗争精神,追求真理、敢为人先的求实精神,自力更生、艰苦奋斗的创业精神"。这些精神是我们可以代代相传的宝贵精神财富。

余姚在历史上有时归属会稽郡(即后来的绍兴府),有时归属明州府(即后来的宁波府),但多数时候属于绍兴府,直到新中国成立后才划归宁波。所以,余姚受绍兴文化的影响很深,包括语言、习俗都带有深深的绍兴烙印。比如,绍兴有一种说唱艺术叫"莲花落",当地老百姓非常喜欢,凡有"莲花落"演出,剧院肯定人满为患。但由于有地域性,"莲花落"出了绍兴,就冷热不一了。到鄞州、奉化一带演出,观众寥寥;到余姚演出,因为语言相通,爱好相同,自然人山人海。口味上,余姚人与绍兴人一样喜欢"三霉三臭":霉干菜、霉千张、霉豆腐、臭冬瓜、臭苋菜管、臭豆腐。语言口音,姚东丈亭、大隐、二六市、三七市一带基本上以讲宁波话为主,马渚、黄家埠、泗门、小曹娥一带便以讲绍兴话为主了。余姚话作为吴方言的一种,具有鼻音重、口音重浊、发音长且翘、大量使用"小称"(即鼻音化)以及讹音(有音无字)较多的特点,还很难为外人所解读。由于余姚绝大多数时间隶属于绍兴,因此余姚话与绍兴话基本上是同一个体系。

余姚话里遗存着不少古音,特别是句末助词,有春秋遗风,如"郎""哉""戈"等。说这事行,余姚人说"好戈好戈";讲某项事情做完了,说"好郎哉好郎哉"。比较有代表性的余姚话段子是这样说的:一条船要穿过桥门,眼看船头要撞上桥门了,船上的人惊呼:"勿对哉勿对哉,撞着哉撞着哉!"待真撞上了,又无奈地说了句:"倷好哉倷好哉。"余姚人说话一般还会在穿着类的物件后面加一个"郎"字,如衬衫郎、毛线郎、罩郎等,将"民"读成"门",将

城山渡(沈国峰摄)

"姆妈"喊成"姆嬷",将"啥"说成"啥西",将"没有"说是"扭"。

回到宁波中心城区,探究一下城市的地理变迁。宁波城市的最早起源应该是越王勾践时代的句章。句章城始建于周元王四年(前472年,越勾践二十四年),为越王勾践所筑。那年刚好是勾践灭吴,向周天子呈贡,周元王赐勾践胙,并命以"伯"(诸侯之长),越王称霸。勾践为向子孙彰显灭吴封伯之功,兴建句余、句章城。古句章在今宁波市江北区慈城镇西南10里的王家坝村,面姚江为邑,城基尚存,故相传曰城山,旁边为城山古渡。公元222年秦置句章县,东晋隆安五年(401)镇海的孙恩农民起义军近20万人围攻句章县治城山,城破。戍将刘裕(后为宋武帝)同年迁县治于小溪(现鄞江桥),筑句章新城。直至唐长庆元年(821),宁波城迁到三江口,即今鼓楼一带。也有学者认为句章城破后并没有迁移,而是在城山渡东一公里处重建,并与鄞、鄮、余姚并存。直到唐开元在慈城设立县治,改县名为慈溪,而设在鄞江的则为鄞县县治,唐时迁往现在的三江口。从此宁波城市发展翻开了新的一页,通江达海的便利水路与宁绍平原的陆上腹地,使宁波具备了通达四方的独特优势。随着中华文化、佛教文化的传播和商贸的发展,宁波便蓬蓬勃勃地发达起来。在历史的进程中,余姚江、奉化江、甬江畔人才辈出,传奇不断,才子、官宦、巨商、高僧纷至沓来,成了智慧之江、艺术之江、财富之江。

在甬江出海口有一座山,叫招宝山,取招财进宝之意。因为"潮汐出入可经",波涛汹涌,骇浪滔天,又名候涛山。还因山顶建有"插天鳌柱塔",故又称鳌柱山。招宝山"固六邑之咽喉,全浙之关键,而为商船出入之要道也",历来是兵家的必争之地。明清以来,招宝山成为海防重地,山顶山下都建有炮台,以御外侮。

明朝中叶,倭寇接连不断侵犯江苏、浙江、福建、广东等地,到处攻城劫寨、杀人放火、奸淫掳掠。倭寇的骚扰,激起了浙江军民的

镇海招宝山（邱国良摄）

强烈反抗，明朝政府派重兵征剿倭寇，名将卢镗、俞大猷、戚继光先后驻守镇海，在招宝山上建威远城，并屡与倭寇鏖战于甬江南北，威震海疆。第一次鸦片战争期间，舟山失陷，镇海成为抗英的前哨阵地，著名的抗英将领葛云飞曾负责镇海的防务，杰出的民族英雄林则徐和钦差大臣裕谦莅镇督战，爱国军民同仇敌忾，血战英军，民族气节光昭日月。中法战争时期，法国远东航队司令孤拔率舰队侵犯镇海口，浙江巡抚刘秉璋、浙江提督欧阳利见、宁绍台道薛福成等亲率大军筑防御敌，守备吴杰亲操大炮炮击法舰，重伤法军司令孤拔，迫使法军败退，使法舰北上骚扰威胁京津的企图破灭。在中法战争镇海战役中，镇海军民数战皆捷，取得重大胜利，在近代中国反侵略斗争史上写下了光辉的一页。抗日战争中，镇海军民曾多次击退日军的进攻。1940年7月17日，日本侵略军从镇海城关和现北仑区的小港两翼登陆，镇海爱国军民在招宝山、戚家山等地与日本侵略军激战，击毙、击伤日军400余人，使敌仓皇败退。抗倭、抗英、抗法、抗日，招宝山是一座英雄的山，甬江也成了一条传奇的江。

在三江口江北一侧的甬江岸边，有一处西式建筑群，人称"老外滩"。这个地方就是鸦片战争中国战败后签订的《南京条约》规定的、宁波作为五口通商城市的国际通商口岸。从那个时候开始，老外滩陆陆续续地涌入了大批类似外国领事馆的办事处、洋行及中国人办

20世纪20年代的镇海口，小岛即虎蹲礁，早已夷平成陆
（来自《天下开港：宁波港人文地理史述考》）

的贸易公司，建起了浙海关、银行、客货码头，大量洋货从这里上岸销往江浙腹地。与此同时，随着交流的扩大、农村的凋敝，特别是上海十里洋场的兴起，宁波人纷纷从江北外滩坐轮船去上海谋生，包括江厦街的钱庄、银楼，鄞县、奉化一带的裁缝，读过一些书、会打算盘的半吊子书生，以及大量的十三四岁的少年，凭着宁波人天生的聪明活络，很快融入上海这座新兴城市中，办银行银楼、百货店南货店、西装店旗袍店、轮船公司钟表公司，建纱厂、化工厂、药厂等，反正什么赚钱做什么。还有一批人则当起了买办、管家、账房、跑街，一些小大人则给人家当起了学徒。反正各得其所，大展宏图。二十年左右的时间，宁波人几乎控制了上海的民族金融业、商业、航运业和轻工业，成为上海的经济支柱。

大量宁波人、苏州人、无锡人的涌入，使上海本土的风俗、语言发生了根本性的变化。语言上，宁波话和苏南话的杂交，形成了又直白夸张又嗲声嗲气的上海话，宁波话中的第一人称"阿拉"响彻上海里弄小巷，"小宁波""老宁波"及宁波"阿爷""阿娘"，得到充分尊重，咸齑蟹、龙山黄泥螺同样成为上海普通人家的常见菜。

宁波地处东海之滨，方言的形成与海洋有很大关系，比如宁波人讲话嗓门大，表达意思直来直去，估计是海边风大浪大，说话必须简洁，音量要大才能听得清楚。除此以外，宁波话词汇中有许多海洋元素。比如骂强盗叫"绿壳"，原来当年盘踞在海岛上的倭寇，出动侵扰沿岸居民时坐的船就是绿壳船，老百姓远远看到这种颜色的船便会喊"绿壳来了"，久而久之，"绿壳"便成了强盗恶霸的代名词了。又如形容某人十分开心、敞怀大笑，宁波人说他笑得嘴巴像"虾鳑"一样。"虾鳑"又称"豆腐鱼"，身子不大嘴巴大，用来形容一个人哈哈大笑时张大嘴巴的样子，非常形象。再如讲某人吊儿郎当，故意懂装不懂，听见装没听见，宁波人称之为"翻白泥螺"。泥螺一般腌后

鄞江它山堰古水利工程（王国海摄）

才吃，如果腌得不够咸，又长时间暴露在空气中，很容易变质，一变质，壳就发白并上浮。用"翻白泥螺"形容变坏了的某些人，也非常合适。这种词语在宁波老话中数不胜数。

　　宁波话的另一个特点是形象生动，喜欢以物喻人、以物喻物、以物喻行，可谓活灵活现。比如某人机灵，宁波人说此人"踏着尾巴头会动"；比如某人长得又高又瘦，宁波人说这人像"晾杆"一样；比如某人字写得很差，模糊不清，宁波人说这个人字写得像"蟹爬"；某小孩手脚不停，很顽皮，宁波人说这小孩像"猢狲得了热食"；某人睡眠差，每天很晚睡觉，宁波人讲此人是"夜游神"；等等。

　　宁波话在长江以北的人听起来，好像讲外语，尤其像讲日语。的确，日本语中有许多词语的发音是从宁波话中借鉴过去的。比如日本人碰面的招呼用语"您好（こんにちは）"，音译为"柯尼气娃"。宁波沿海渔民之间早上碰面，第一句可能就是问"今天捕鱼去吗"，用宁波话发音是"拘鱼气伐"。就像过去相互见面要问一句"饭吃了吗"一样，"捕鱼去吗"也可以理解为一句招呼语。如此说来日本话的"您好"，十有八九是从宁波话中借鉴过去的。过去有一本书叫《金陵春梦》，作者为了丑化蒋介石形象，说他生气时就会用宁波话骂"娘希匹"，对此我并不相信，一个在中国传统儒家文化熏陶下成长起来的人，断不会骂出如此下流的话来。其实蒋先生在宁波长大，家乡口音是改不了的，他在外地讲话用的肯定是宁波官话，就是现在我们说的"灵桥牌普通话"，这种带有口音的普通话，江浙沪一带都是听得懂的，而且听着会有一种亲切感。改革开放初期，由于刚刚从封闭式的社会环境中解放出来，宁波人会讲普通话的不多，与人交流操的是一口纯正的宁波土话。正因为不会讲普通话，一些原本很正的话被外地人曲解误传，不同程度地损害了宁波的形象。比较典型的是两个段子，第一个段子是宁波领导向外地来考察的同志介绍宁波的发展经验时，讲了两条：一靠政策，二靠机遇。宁波话中"政"念成"敬"，外地同志把这"两靠"听成宁波发展"一靠警察，二靠妓女"，并以讹传讹，使这被误解的"两靠"广为传播，至今影响仍在。第二个段子有关宁波的地名。宁波辖下有北仑区（包括北仑港）、海曙区、江北区、镇海区等，宁波话的发音，将这些地名演绎成北仑区——不能去、北仑港——不能讲（宁波话"江""港""讲"同音）、江北区——讲不去、海曙区——还是去、镇海区——真还去。你看，把我们的泱泱东方大港说成不能讲、不能去的地方，真是不应该。

把宁波话调侃到极致的是一段著名相声，说宁波话可以用音乐来表现。具体情节是：有一个叫来发的少年在师傅处学做裁缝，师傅叫他把棉纱线拿来，他问什么棉纱线，师傅说蓝棉纱线，来发不肯拿，师傅便骂他懒惰。用简谱表达这些话就是：

师傅：24，24！（来发，来发！）

姚江北岸滨江绿道（沈国峰摄）

来发:57?(啥西?)

师傅:35712。(棉纱线拿来。)

来发:5357?(啥棉纱线?)

师傅:2357。(蓝棉纱线。)

来发:41,41。(不拿,不拿。)

师傅:2421,2421。(来发懒惰,来发懒惰。)

用纯粹的音符来说一段话,估计除了宁波话以外,其他方言是难以办到的,这也算是宁波话的一大特色吧。

宁波话使用范围主要在奉化、鄞州、海曙、江北、镇海、北仑和余姚、慈溪的东部以及舟山市。但这些地方讲宁波话都存在着不同程度的差异。如过去海曙西郊、望春一带的老宁波说话发音带有明显的气声,好像李谷一唱《乡恋》一样。江北慈城人说话更多带有官话的味道,如宁波人"少""小"不分,都念成"小";慈城人则"少"是"少","小"是"小"。宁波人念"秤"为"亲",慈城人则念"寸"。宁波人把"什么呢"说成"歇歇啦",慈城人讲"啥西啦"。即使原来同一个区的鄞州东乡西乡,个别用词和吐音上也有区别,好在大家都听得懂,而且可以从口音中大致辨别出某人的出生地在何方。

18 水与城

　　宁波是一个被水包围、被水充盈的城市。她的东南、东北、西北就是大海,按顺时针,从西北到东南,杭州湾、象山港、三门湾三湾环绕,滩涂遍地,岛礁密布。陆上河网纵横,湖泊星罗,东北和中南部平原上,余姚江、奉化江、甬江蜿蜒曲折,像三条巨龙,又像三条绸带,飘逸灵动,滋润万物,带给这块大地万紫千红、万千气象。东钱湖、月湖、上林湖等湖泊像颗颗明珠,镶嵌在浙东大地上,熠熠生辉。南部的水脉以溪流为主,凫溪、青溪、白溪,在巍巍青山中流过,直奔海湾而去。现代人把这座城市称为港城,其实本质上她就是一座水城,这从宁波本身的名字和各地的名称就可以看出。

　　宁波在明朝之前称明州。从唐开元二十六年(738)开始,到明洪武十四年(1381)止,整整叫了643年。朱元璋建立明朝后,为避国号讳,采纳鄞县读书人单仲友的建议,取"海定则波宁"之义,将明州改称宁波府。风平浪静,海定波宁,表达的是人们对宁静生活的期盼,从此宁波这个带海带水的名字便一直沿用至今。靠海肯定会取一些带海的地名,宁波境内有"海""洋"字的地名真不少,如宁海、镇

永丰门外保丰碶（来自《晚清中国的光与影：杜德维的影像记忆》）

海、海曙、附海、茅洋、儒下洋等；与水有关的地名就更多了，如"沿""边""塘""墩""堰""漕""湾""浦"等。其中有几个字很有宁波特色：

"隘"。鄞州东乡一带河网密布，村庄多建在河边，有的沿河设街，形成狭窄之地。有的村庄看似相近，然则河流环绕、阻隔，进出要通过狭窄的桥梁，犹如关隘一般。地名邱隘、王隘、姚隘，至今仍高频使用。

"漕"。可供运输的河道。宁波人也称人工挖掘的专门用于泊船的河楔子为漕，漕子旁边的村落便被命名为某某漕，如徐家漕、孙家漕、前漕、后漕、王公漕、外漕等。

"碶"。碶是水闸，上下游之间、海淡水交界处等一般都建有水闸，目的是防洪排涝抗旱及防止海水倒灌，建有闸门的村庄便用此碶闸取名了，如大碶、新碶、石碶、张隘碶等。

　　宁波筑城三江口，有了出海和通往内地的水上通道。与此同时，在城内疏理水系，构成河网，便利了交通和排涝，逐步形成了"三江六塘河，一湖居城中"的水系格局。大家都知道宁波的三江，但对六塘河可能了解得不多，六塘河包括鄞州东部地区的前塘河、中塘河、后塘河和鄞州西部地区的南塘河、中塘河、西塘河。"一湖"就是大名鼎鼎的月湖。街巷夹着河水的布局，再加上河边的垂柳，充分体现了江南城镇的风韵。我的老家、千年古县城慈城几十年前也是这样的。一条街弄，半水半街，街旁、河旁或是高高的马头墙，或是青砖砌成的围墙，街边河旁的石缝里不时有不知名的野草顽强地长出来，春天和秋天，一朵朵小花应时而开。雨天的时候，听着那滴答滴答的水滴声，一

慈城东门（沈国峰摄）

边辨别着哪是落在石板上的声音,哪是落在小河里的声音,一边看着河面上一圈两圈无数圈荡漾开来的涟漪;晴天的时候,看马头墙倒映在水面,白云也在水中不停地飘过,感觉天地浑然一体,自己也不知身在何处。特别是当有女人从临河的木板门中出来,走下埠头淘米洗衣服时,袅袅娜娜,令人真的有今夕何夕的迷茫。那种静谧恬舒的画面,至今仍然深深地镌刻在脑海中,不能忘怀。

像慈城这样的街河布局在宁波的其他城镇也同样存在。庄桥、高桥、骆驼、大碶、邱隘、鄞江、泗门、周巷、西坞、前童等城镇都与河道结下了不解之缘,有了水的滋润,城镇才有了灵性;有了水的哺育,才有了城镇的活力。可惜的是随着近几十年的快速发展,城市、城镇里河道填的填、改的改,大部分消失了。宁波城区的六塘河上造路的造路、盖房的盖房,各城镇内的河道也大多被填埋。河没了,路宽了,风情正在淡去,乡愁正在湮灭,让人无比惆怅。

有水必有桥。宁波江河众多,相应的桥梁也数不胜数,可谓"百桥之都"。宁波的古桥以石拱桥为主,造型美观,坚固耐用;城镇里的部分河道上建有廊桥,便于居民避风躲雨、纳凉聊天;也有不少建在宽阔溪流上的石便桥,尽管做工简单,但非常实用。进入近现代以后,随着交通建设的迫切需要和工程技术水平的提高,宁波各地造桥进度大大加快,原来一些不敢想象的地方也架起了桥梁,有效地改变了宁波交通的末端格局,区域交通枢纽已基本确立。

1998年的时候,有关单位曾发起评选宁波名桥,从415座桥中评出名古桥10座,它们分别是:

一、高桥。原属鄞州区高桥镇,现属海曙区,以桥高大而名,为鄞西平原最雄伟的古桥。历史最悠久,形制大,北宋时已经存在。"宋宝祐四年(1256)冬重建,有宋袁商《重建高桥记》",那一次重建时,已形成现在的规模。历经修缮,现桥修建于清光绪八年(1882)。桥

高桥（沈国峰摄）

全长28.60米,桥面宽4.85米。桥身高大,桥面宽阔,给人以雄伟稳重之感。高桥的桥额也有点与众不同,南刻"文星高照",北刻"指日高升",不但将桥名嵌入额中,而且是对官船中官员、学子的恭祝之词。南北桥墙联柱上镌刻两副桥联:"巨浪长风想见群公得意,方壶圆峤都是从此问津。""水涨春江双虹移来天上,月明夜渚一珠点到波心。"南联中的方壶、圆峤,是传说中渤海以东与瀛洲、蓬莱齐名的仙山。

  二、碧环桥。属地鄞州区五乡镇仁久村。据史载,明代嘉靖癸巳(1533),村里吴氏人家将原木桥重建为石拱桥,并名为"碧环桥",寓意碧水环村、五谷丰登。碧环桥为单孔拱形石桥,全长11米,桥孔跨度仅2米,容得下一条中型的舟船通过。碧环桥的桥面多用当地产的青石,东西桥头各有12级平缓的台阶,徐步于桥上如履缓坡,毫不费劲。桥基、桥墙都用长条石交错叠砌,再用块石护底加固。桥边有10块浮雕荷叶栏板,栏板间有12根立柱,柱头雕有荷花,形状不一,有的是双层复莲,有的是双层仰莲,另外还有各色莲花。桥栏和桥面的连接处,有雌雄榫相互咬合。桥侧有长形桥额,横刻"碧环"两个大楷字。根据桥额上的刻字推算,碧环桥迄今已有500多年历史。

百梁桥（来自《鄞州地名故事大观》）

三、百梁桥。属地海曙区洞桥镇百梁村。因桥梁由124根大杉木架设而成,故曰"百梁桥"。百梁桥建于北宋年间,距今已有927年的历史。百梁桥就如一条黑色巨龙,跨越鄞江,是浙江省仅有的石墩木梁古廊桥,是研究古代桥梁的难得实例。该桥始建于北宋年间,经历代重修保护,能留存到现在实属不易。桥全长77.4米,宽6.18米,六墩七孔,桥上建有瓦屋桥廊。

四、福星桥。属地奉化大堰镇常照村。福星桥建于清代末年，又名五洞桥，系五孔石拱桥，全长96.30米（包括引桥），为浙东跨度最大的五孔石拱桥，方便了常照附近几个村的几百户农家的进出。桥造好后，当地老百姓对造桥的净修僧感恩戴德，把他当成了附近几个村子的福星，于是把桥命名为"福星桥"。为讨吉利，把靠桥的村子也改名为常照村。福星桥的桥洞拱券为纵联砌置，桥墩上游垒有破水石。桥面宽阔，上铺石板，中轴线上有松鹤、梅花、荷花、松鹿、竹菊五幅浮雕作品，与五孔相对应，雕工精细，栩栩如生，充分体现了古代工匠巧夺天工的艺术水准。桥两边各28个桥栏望柱，雕刻着狮身、莲花等石雕，如今风化损毁严重，触目惊心。桥两头有抱鼓石，整个桥面素雅而大方。

五、广济桥。属地奉化南浦村。北宋建隆二年（961）始建木桥，名"广济"。这座宋代古桥，又叫南渡桥。旁边桥屋内保存着当年建桥碑记、禁约碑记及舍茶碑记等。广济桥横亘于奉化江下游，是东南沿海唯一连接驿道的桥，上通明（州）越（州），下达台（州）温（州）。北宋以前以渡船为桥，是沿海通道中的重要咽喉之一。南宋绍兴初年，桥面覆之以屋，改建成木石结构廊屋式桥。元至元二十三年（1286），主簿卢振龙主持重建，堆屋数间，翼以南北二亭。明洪武中县丞乔鉴对桥进行了修缮，天启年间又进行了整修。清雍正九年（1731）、乾隆三十七年（1772）、嘉庆十二年（1807）又再次修缮。现存广济桥通长51.68米，宽6.6米。石柱为墩，五缝四孔。每缝石柱6根，都有侧脚，上下作榫，基石固定，头用锁石锁住，并用三根大牵木固定。锁石上铺梁木，其上为桥板。桥面建廊屋21间，八架梁用六柱，梁架为穿斗与抬梁相结合，上覆小青瓦。

六、戊己桥。属地宁海县胡陈乡西张村。此桥始建于清道光戊申年（1848），建成于道光己酉年（1849），故取戊申、己酉首字作桥名，为戊己桥。桥面由3块长条石并列连成，全长137.5米，宽1.65米，高2.65米。戊己桥下，是源于海拔800余米大丹山和茅芦岗的中堡溪。每到雨季，溪水汹涌奔腾，汇入胡陈港，流向三门湾。如果洪水暴发，急流还会从桥上漫过，故建桥的工匠把迎水一方的桥墩凿成圆棱形，以减少对水的阻力，而在背水一方增加了数十条斜柱作支撑，这种巧妙地处理流水冲力的科学办法，确保了戊己桥抵御百余年洪峰的猛烈侵袭而岿然不动。戊己桥是浙东一座罕见的跨海长桥，三门湾的海潮昼夜出入于桥下，故桥墩有严重的海水蚀痕，有的已千疮百孔，很像密集的蜂巢。由于来自上游的淡水交汇，因此桥下不生牡蛎之类的海生贝类。此桥又称48洞孔桥，造公路时填去一个桥孔，现存47孔。中孔最大，跨度达4.3米，其余均在3.5米左右，这是为了便于船舶出入。而在靠近桥心部分的桥面上，还凿有当年设置竹木扶栏的孔洞，使往来行人在洪水漫桥面时可扶住木栏涉水而过。由此看来，这座初看平凡无奇的浙东第一长桥，其实建造难度非同一般。

七、惠明桥。属地海曙区洞桥镇洞桥村。惠明桥是浙东最早的唐代古桥，横跨原南塘河，为2孔石墩高拱桥。惠明桥始建于唐，宋、明两代重修，明正统五年（1440），宁波知府立有《惠明桥记》碑。该桥桥身全长26米，宽3.7米，桥面两侧有石栏板共14块、望柱16根、抱鼓石4块、步阶各10级。南侧正中栏板上端横额书"惠明桥"正楷大字，边款竖刻"同治戊辰至秋里人重建"等小字。桥洞两孔之间镌有伸出的龙首，雕刻细腻，用来镇水。龙头下有两副对联，南面为："惠泽周流交注双湖日月，明山绵亘远通三郡轮蹄。"对联首字点出桥名，桥因水而起，水由山而生，故惠字在前，明字殿后。"明山"是四明山，"轮蹄"指车轮、马蹄，韩愈有诗"绿槐十二街，涣散驰轮蹄"，代指交通。对联点出了惠明桥水陆交通枢纽的地位。北面对联为："仍旧址建新梁七乡引籁，导行春通仲夏两派汇流。"为明代重修时所刻，同

惠明桥（朱永宁摄）

样说明了惠明桥曾发挥的重要作用。现如今字迹已依稀难辨，但这足以证明惠明桥做工精细，造型风雅古朴，有着较高的历史、艺术价值。

八、万年桥。属地宁海县黄坛镇榧坑村。万年桥，"以祈愿永久牢固不圮"，故名；因它处于双峰榧坑村，又名"榧坑桥"。建造于清乾隆二十五年（1760），现桥是清咸丰三年（1853）重修。南北向横跨于大松溪上，为榧坑村村民外出之通道。桥下溪流系发源为马岙乡望海岗南麓的大松溪，它自西北流经乡境北部出榧坑，折而向南，沿东部边境而下。至双峰、白溪、王爱三乡交界之柴家岭脚，汇入白溪。桥西北设聚兴庙，旁有凉亭，亭旁有古杏、古樟各一株，大可盈抱。聚兴庙后山上有大榧树一株，冠盖如云，隔溪即乡政府所在地。1972年，辟为公路，沿桥南埯而过，北达澄深。该桥坐落高度海拔380米，附近植被茂密，苍松翠竹成片成林。整桥采用巨大的天然溪卵石砌成，不经雕琢，不用任何粘接材料，浑然天成，称得上是鬼斧神工之作。万年桥拱券砌筑整齐，基于天然岩层上，形如半月。桥全长34米，桥面净宽4.8米，矢高10米，净跨18米。桥面两侧纵向排列有不规则巨石数十块，一可作桥栏，二可作歇足聊天之用。据县《交通志》记载，万年桥为本县跨径最大、全省第二的单孔卵石拱桥。

九、通济桥。位于余姚市中心南雷路与南滨江路的交界处，舜江楼（也叫姚江楼）前面。桥长43.4米，主孔净跨14.2米，桥面中心宽5.61米，两侧有望柱24根，栏板22块，雕饰象、狮、莲花等图案。主孔两侧各镌有楹联，东侧是"千里遥吞沧海月，万年独砥大江流"，西侧是"一曲蕙兰飞彩鹢，双城烟雨卧长虹"。整座桥显得稳重、雄伟。远远望去，长虹中跨，体势腾辉。据《余姚县志》载，该桥始建于北宋庆历年间（1041—1048），原系木桥，初名德惠桥，后又改名为虹桥，屡建屡毁。元至顺三年（1332）改建成石砌三孔桥，定名为通济桥。桥旁立了一块石碑，上面题"海舶过而风帆不解"八个字，可见其高大雄伟之势。现存桥身系清雍正七年至九年（1729—1731）间重建，用木桩2100根，人工约4万，建成时全长约90米，共106级。通济桥是余姚市城关镇的交通要冲，北近舜江楼，南通江南直街；行船东通宁波，西达绍兴、杭州。从岸边望去，该桥形体右倾，桥下碧波荡漾，桥孔高圆，倒影成环。北宋王安石任鄞县县令时旅行至此，情不自禁地赞叹道："山如碧浪翻江去，水似青天照眼明。唤取仙人来此住，莫教辛苦上层城。"

十、灵桥。架于奉化江之上，位于宁波百丈路和药行街之间。唐代建浮桥桥基时，由于江流湍急，产生困难。此时天现彩虹，工匠在出现彩虹之处打下桥桩，将桥建起。时人认为灵现，故桥名定为灵现桥,又名灵桥。1936年,在宁波旅沪同乡会资助下,由德国西门子公司承建的灵桥正式完工,设计使用期限70年,成为宁波最有代表性的近现代建筑之一。灵桥建成后历经沧桑,在日寇侵略我国、宁波沦陷前遭受了日本侵略者飞机的狂轰滥炸,被炸得千疮百孔,抗日战争胜利后曾做修缮。宁波解放后,国民党轰炸机几乎天天来轰炸,灵桥路面、钢梁弹孔累累,但仍然屹立在奉化江上。这座桥由德国西门子公司设计,公司仍然保存着灵桥的档案。

进入改革开放新时代后,宁波以现代化的技术手段,分别在杭州湾、金塘水道、象山港、三门湾建起了跨海大桥。其中杭州湾跨海大

完工时的灵桥

桥南起宁波慈溪水路湾,北接嘉兴海盐郑家埭,全长36公里,是浙江省与宁波市接轨大上海、融入长三角的重大基础设施建设项目。项目于2002年6月被国务院批准立项,经过六年多的艰苦努力,在攻克了潮水湍急、地下沼气侵扰等大量的技术难题后,于2008年5月1日全线通车,成为我国沈海高速的重要节点,宁波到上海的车行时间也从三个多小时缩短到一个半小时,大大便利了沪、嘉、甬之间的人流物流往来。

象山港大桥是连接宁波境内鄞州区与象山县的一座跨海大桥,全

杭州湾跨海大桥（沈国峰 摄）

长 6.7 公里，于 2008 年 12 月 30 日动工兴建，2012 年 12 月 29 日正式建成通车。象山港大桥及接线工程的建成通车，实现了象山湾南北两岸人民"天堑变通途"的千年梦想、百年期盼。象山县城所在地丹城到宁波的距离由 120 公里缩短到 52 公里，使象山处于宁波半小时经济圈、杭州 2 小时经济圈中，极大地改变了象山湾两岸的交通格局、产业格局和城市格局，进一步增强了宁波的城市集聚、辐射、带动功能。

甬舟大桥。甬舟跨海大桥起自舟山本岛的 329 国道鸭蛋山的环岛公路，经舟山群岛中的里钓岛、富翅岛、册子岛、金塘岛至宁波镇海区，与宁波绕城高速公路和杭州湾大桥相连接。大桥跨4座岛屿，翻9个涵洞，穿2个隧道，投资130亿元。大桥于1999年9月开工建设。2009年12月25日正式通车。舟山与宁波、杭州的车程大大缩短，再加上已经建成的杭州湾大桥，舟山经杭州湾南岸到达上海的车程缩短到3小时内，使舟山更紧密地融入长三角经济圈。现在的甬舟大桥，由于普陀山旅游的迅速发展已经呈现流量饱和的迹象，国庆、春节长假及清明小长假已经必须实行流量控制。

三门大桥是近期才通车的，它连接象山、宁海、三门三县，全长11.8公里，与象山港大桥一样，是甬莞高速公路的重要组成部分。

除此之外，宁波在奉化江、余姚江、甬江上建起了多座跨江大桥。招宝山大桥、清水浦大桥、明州大桥、庆丰桥、外滩大桥、甬江大桥、江厦桥、琴桥、兴宁桥、周宿渡大桥、芝兰大桥、澄浪桥、鄞县大桥、鄞州大桥、新江桥、解放桥、永丰桥、姚江大闸桥、华辰桥、青林渡桥等，一座座彩虹般的大桥横跨东西南北，使宁波这座水城越发地交通便捷，越发地气质独特。

过去宁波可没有这么多桥，跨江河的人流物流要靠船来摆渡。摆渡的地方叫渡口，渡口两边一般建有一座凉亭供游人候船，水面旁有长条石作为基础，上面铺着青石板、红石板，筑成一个简易的渡头，为人们上下船提供方便。用于摆渡的船大小不一。在较小河道或风浪不大的江面上摆渡，一般船体比较小，可乘坐14—15个人，用手摇橹作为动力。比如因姚江大闸的存在，姚江水流比较平稳，在慈城的城山古渡，至今摆渡仍然用的是手摇的木质船。在海湾或水流湍急的河流上摆渡，就要用到较大的船，而且是动力比较足的机器船了。宁海长街镇有一个村叫隔洋塘，正如它的名字一样，隔着三门湾水道坐落在象山一侧的定塘乡海边，而小孩读书、干部开会、走亲访友要跨过宽

姚江大闸（沈国峰摄）

20世纪50年代姚江桃花渡，可见天主教堂和新江桥（浮桥）（陆锋摄）

宽的水道两边来回跑。为了方便老百姓，当地政府购置了机动船作为摆渡船，在天气正常的日子里，一天十几次地来回接送，安全又快捷。

　　宁波当年有不少渡口，大点的如周宿渡、青林渡、桃花渡、半浦渡、洪陈渡、梅山渡等，小的就无法说清了。比如当时甬江上基本没桥，从江北到江东要绕行很长的一段路。为了方便群众，那时在外滩轮船码头与对岸的东胜路之间设有柴油动力的摆渡船。有一次本人从江北到江东办事，坐的就是这个渡船。当我的双脚踏上渡船甲板时，心里忽然莫名其妙害怕起来。船上人太多，又碰到退潮，水流湍急，渡船开的是曲线航线，先逆向往上游开了一会儿，然后再顺水往下，直到接近对岸渡口，早有人接过甩过去的缆绳缚在桩头上。总算平安靠岸了，才长长地松了口气。

　　除了江河溪海外，宁波也是一个湖泊众多的地方，湖泊所特有的宁静清澈及周边的自然风光，千百年来被人们尤其是文人骚客所喜爱。人们滨水筑庐，临湖而居，栽桃种柳，吟诗作画，勒石留记，办书院建寺庙，积淀下浑厚的文化印记，湖泊成为一个地方的文化胜地。

　　"一湖居城中"的月湖，是宁波历史文化的重要集聚地。月湖开凿于唐贞观年间，面积不大，只有0.2平方公里，当时的目的是疏通水系，便于城市排涝。南宋绍兴年间，当地士绅在月湖周边广筑亭台楼阁，遍植四时花树，形成月湖十洲胜景。十洲分别是：湖东的竹屿、

月湖（易国庆摄）

月岛和菊花洲，湖中的花屿、竹、柳汀和芳草洲，湖西的烟屿、雪汀和芙蓉洲。此外还有三堤七桥交相辉映。宋元以来，月湖是浙东文化中心，汇聚了众多文人墨客。唐代大诗人贺知章、北宋名臣王安石、南宋宰相史浩和著名学者杨简、明末清初大史学家万斯同……或隐居，或讲学，或为官，或著书，都在月湖留下不可磨灭的印痕，沉淀下深厚的文化积层。

与月湖相对应，古时宁波莲桥街、君子街、天封塔、仓基街一带，还有一个湖，叫日湖，湖上也有十洲，也是宁波的名胜之地。可惜因水系阻塞又疏于疏浚，湖面日益萎缩，至20世纪初完全消失。其名现被江北倪家堰附近由姚江分叉形成的一个堰塞湖所袭用，日湖被人为地搬了家，双湖并列，日月交相辉映的美景再也见不到了。

宁波中心城区的东边，有一个很古老的自然湖泊——东钱湖。此湖为远古时期地质运动形成的天然潟湖，面积有22平方公里，约为杭州西湖的四倍，整个湖由谷子湖、梅湖和外湖三部分组成，被郭

日湖（沈国峰摄）

运动钱湖（俞飞芬摄）

沫若先生誉为"西湖风光，太湖气魄"。

东钱湖开凿至今已有1200多年历史，经历代开浚更具风采。唐天宝年间鄮县县令陆南金率众修筑坝堤，这以后王安石、李夷庚、吕献之等历代地方官除葑清界、增筑设施，使之成为既有灌溉之功，又有观光之景的佳湖胜地。

湖光山色中，东钱湖积淀下厚厚的历史文化底蕴。有人将她与杭州西湖相比较，说西湖是入世之湖，白居易、苏东坡等都是在杭州任上为西湖做出贡献的；而东钱湖则是出世之湖，从春秋时越国大夫范蠡携西施在此隐居开始，到南宋宰相史浩奉母湖上，再到明代吏部尚书余有丁筑五柳庄，晚年在此读书自娱，以及达官贵人们择地修筑坟墓等，都说明东钱湖的飘逸悠闲。是的，由于湖之浩瀚、山之高深，加上四周人口相对较少，东钱湖看上去有点寂寞，有点安静。这种地方最适宜于读书做学问、静心养身体。如果从喧嚣的城市来到湖边，选择像山水一号、官驿湖居这样的民宿住上几天，爬爬山或到湖边散散步，品尝品尝螺蛳、青鱼划水、翘嘴排鱼等"钱湖三宝"之美味，到了晚上看着星星、听着蛙声入睡，那就什么烦恼也没有了，身体"三高"之类的隐疾可能也会很快消失。

基于东钱湖的资源禀赋和宁波城市发展的总体趋势，宁波市正就湖的未来进行规划，总的要求是将其建设成创智之湖，成为院士集聚、科研学术机构林立、国际会议频繁的智力之湖，年轻人才汇聚的活力之湖，新兴产业星罗棋布的动力之湖。

在古县城慈城的北边、阚峰脚下，有一个面积小却十分美丽的湖，她的大名叫慈湖，又称阚湖、德润湖、普济湖等。唐朝开元年间房琯为慈溪县县令，上任后，他把县治迁至今慈城浮碧山以南，仿效古都长安一街一河双棋盘、公共建筑左文右武的格局，重建县治，并下令开挖慈湖，以灌溉农田。据徐兆昺《四明谈助》载：令房琯开凿之以溉民田，名"阚湖"，又名"慈湖"。名"阚湖"是纪念三国吴将都乡侯阚泽（字德润），故也称慈湖为"德润湖"。至于"普济湖"，是因普济寺在其北（普济寺是宁波最古老的寺院，现已毁）。而"慈湖"则是南宋著名学者杨简命名的。杨简隐居慈城后，于谈妙涧畔建屋讲学，世称"慈湖先生"。他曾说，这里出了董黯这个孝子，以慈名溪，又以溪名县，当然也要以慈名湖，便将此湖取名为"慈湖"。其又作诗云："惜也天然一段奇，如何万古罕人知？只今烟水平轩槛，触目无非是孝慈。"据《宝庆志》记载，普济寺僧人为了通行方便，在湖心筑长堤贯通南北。宋天圣五年（1027），县令孙知古在堤上建亭，名曰"清凉亭"。嘉祐二年（1057），县令唐昌期又更名为"涵碧亭"。乾

冬日慈湖（沈国峰摄）

隆三十七年（1772），县令胡观澜在湖心堤上重建六面重檐，十二根石柱承托亭顶的攒心式廊亭，供人歇足、纳凉，为缅怀"慈湖先生"杨简，命名为"师古亭"，意思是师古法今，向先贤学习，为民众造福。"师古亭"石柱上刻有两副对联，亭北石柱："锦城环抱峰头翠，镜水平分涧底清。"亭南石柱："三围秋色从中起，一片冰心望里收。"两副对联把慈城之美、慈湖之美刻画得淋漓尽致。宋代进士桂锡孙曾盛赞慈湖美景："一碧浸空，千翠倒影，山含采而水含晖。"阚峰巍巍，慈水涟涟。走进慈湖，穿越千余年历史文脉，人文底蕴深厚，源远流长。汉代的董黯、阚泽，唐代的房琯，宋代的杨简、王安石，明代的罗贯中等历代名贤都在慈湖留下了足迹。如今，在粉墙黛瓦、具有100多年历史的慈湖中学内，书声琅琅，莘莘学子正发愤读书，努力传承慈湖深厚的文化底蕴。

　　一样的水，不一样的河。水无定势，看它在什么地方。宁波的三条主要河流尽管都发源于四明山,但流域基本上是平原,上下流落差不大,水流从山上下来后,流向海洋的主要动力是潮汐。而自从在市区三江口附近造了水闸后,余姚江水流更加平缓。宁波的水系还有一个特点就是弯道多,不管是大江还是小河都是如此。从飞机上俯瞰,余姚江、奉化江像极了盘踞着的两条巨龙,蜿蜒曲折,不急不躁,温柔可人。水会缠绵,会落在你的心上,宁波最多情的水是桃花雨。每年清明前后春雨淅沥,滋润得柳绿桃红、莺飞草长。如果你在那个时节有暇,静静地听听雨声,便能听到春天的脚步声,便会发现自己的心也蠢蠢欲动起来。宁波最多水的时候是梅雨季节。每年五、六月份,太平洋暖湿气流和西伯利亚的干冷气流总要在江南上空上演一场拉锯战,直到干冷气流败下阵来,暖湿气流统治整个江南;直到落得杨梅熟了,江河湖水满了。宁波人又爱又怕的是台风雨。每年7—9月,太

姚江暮色(沈国峰摄)

平洋上生成的热带气旋——台风,夹带着大量的雨水,登陆我国东南沿海,给经过的地方带来大风和集中降雨,防范不当会造成生命财产的重大损失。但这时正是夏秋季最热最干旱的时节,台风的到来能迅速降低气温,并给水库、江河极大地补充水量,缓解干旱。宁波人既怕台风在当地登陆造成损失,又盼望台风尾巴甩到,带来雨水和凉爽。这些年在福建、浙江登陆的台风基本上做到了宁波人之所盼,对宁波只是外围影响。在宁波,最煞风景的雨是秋雨。俗话说一场秋雨一场冷。本来还是满天的花香,一阵雨打,桂花飞扬,飘落在草丛中;本来还是红叶满枝,忽然一场秋雨,便落叶纷纷,变成了光秃秃的树枝。人们也随着秋雨逐渐添加衣服,从秋装直到冬袄。

宁波人的性格里有水的印记。宁波的女子得到水的滋润,不仅外貌水灵灵的,而且脑子冰雪聪明,当家理财、养育子女、调教丈夫都是一把好手。宁波男人机智灵活,就像宁波的江河一样,弯子多、点子多。绝大多数宁波人的性格像余姚江的水流一样,平和温顺,不急不躁,即使扔进去一块石头,激动一下,掀起一阵涟漪,随着石头下沉,很快便归于沉寂。

⑲ 城市与文化

在七千多年的历史长河中,宁波积累、形成了众多独特的文化元素,并融入中华文化的汪洋大海之中,形成宁波人民代代相传、生生不息的精神家园和内化于心的道德规范、外化于行的行为准则。

佛教文化

宁波佛教文化源远流长,域内名刹众多,梵音广布,其中最著名的有天童寺、阿育王寺等五大丛林,号称东南佛国。据考证,宁波最早的寺院是位于现慈湖中学内的普济寺,三国吴赤乌二年(239)由吴太子太傅阚泽之旧舍改寺,后屡建屡毁,直到新中国成立初湮灭,二十世纪七十年代尚存寺碑,现已不知去向。现存宁波最早的寺院当数位于慈溪五磊山上的五磊寺。此寺也初建于三国赤乌年间,比慈城普济寺略晚几年。相传在2000年前,印度高僧那罗延遍访中国名山胜境,跋山涉水,选中了五磊山上的这块风水宝地,最后在五磊山结庐传经,燃起篝火,招徕信徒。然圣火虽炽,应者了了;高山相隔,知

天童寺（沈颖俊摄）

音难觅。某日孙权母亲坐船经过，发现篝火隐约，遂命人详察，方知原委。于是特意在圣火升起之处修建了一座小小寺院，这大概便是五磊寺的前身。唐宋明清各朝，五磊寺不断扩建，香火兴旺，高僧辈出，成为影响全国的重要寺院。有清以来，在五磊山住持或讲经的大德高僧有天童寺迁于此的宏觉禅师、律宗第十一代祖师弘一法师李叔同、天台宗名家谛闲大师等。由于弘一法师、谛闲大师传道的影响，五磊寺成为天台宗的重要道场。"寺以五磊而名，五磊以寺而显"，现今五磊讲寺建筑面积达8000平方米，有殿堂楼阁及各类寮舍213间，天王殿、大雄宝殿、观音殿、三圣殿、地藏殿、藏经楼等寺院建筑设施不断完善，浙东名刹的雄姿在五磊山重新展现。

　　位于鄞州区太白山麓的天童禅寺，是我国佛教禅宗五大名山之一。相传西晋永康元年（300），僧人义兴云游至今鄞州南山之东谷，因爱其山水，遂在此结茅修持。当时东谷附近并无人烟，却有一位童子每天前来送薪水。不久精舍建成，童子对义兴大师说：我是太白金星，因为大师笃于道行，感动玉帝，命我化为童子前来护持左右。如今大功告成，特此告辞。言毕童子不见。由此山名太白，寺名天童。其实关于天童的兴建，民间还有另外一个版本。说的是西晋年间，义兴和尚在此结庐修炼，忽有一日，门外来了一衣衫褴褛的孩童，以与其年龄不相称的口吻问义兴，想不想建一个大寺院，义兴的本意就是建寺院弘佛法，所以非常肯定地说："当然想！"那孩童说既然如此，你须依我计而行，三年后保证给你一个满意的答案。接着便附在义兴耳朵边如此这般地交代了一番，便蹦蹦跳跳地下山去了。不久以后，在福建某地的一户大财主家门口，出现了一个背着褡裢、敲着木鱼、口念阿弥陀佛的童子，只见他也不敲门也不化斋，就这样每天一边敲着木鱼，一边围着财主家的大院子转，口中念佛声不断。财主家的下人见这童子不吃不喝的，十多天过去了仍然精神很足，疑为神人，于是禀报给了主人。主人又观察了几天,发现果真如此,觉得此人不能怠慢,把他请入里面,口称小菩萨,问能否点拨一二。童子故弄玄虚说:"看施主面相,似有血光之灾。"财主原已把童子作为菩萨化身,见他如此说,便信以为真,忙问可有破解之法。童子说:"离此地往北500里,有一山名太白,形胜之地也,施主若在那里建一寺院,即可化去灾难。"财主本是信佛之人,见童子如此说道,心里已经有了应承的念头,于是对童子说:"如此甚好,待我略做准备,随你同去考察一番。"过了几天,财主收拾停当,带着随从,便随童子赶往太白山。骑马走山路,乘船走水路。不日来到太白山下,弃舟登岸,童子忽然失足落水,浑身湿淋淋的,带着众人向义兴草庐走去。不经意间,童子不见了踪影,财主不以为意,不久便到了草庐。义兴急忙迎进庐内,财主环顾四周,忽见里面有一尊罗汉相貌像极了那个童子,更惊奇的是这尊罗汉浑身湿漉漉的,好像刚落水过一样。财主这才记起那童子刚才失足落水的情景,更加相信自己的判断,断定童子是菩萨化身。于是满口答应了义兴建造寺院的请求。两年后,一座气势恢宏、楼宇千间的寺院拔地而起。为纪念童子的功德,寺院被命名为天童。原来童子出发去福建前买了一头牛,杀了后,将牛肉晒干磨成粉装在布褡里,饿时趁人不注意抓一把放入口中充饥,给人的印象是从来不用吃饭。至于那尊罗汉是早就与义兴说好,按他的样子塑的,罗汉身上的水是他抢先一步舀了一盆水倒上去的。最后终于骗得财主造了天童寺,也算功德圆满了。

天童寺占地7.64万余平方米,建筑面积达3.88万余平方米。有殿、堂、楼、阁、轩、寮、居30余幢,计999间。与其他寺院一样,天童寺建成后,屡有损毁,但也屡次修复,至明崇祯年间达到现今格局和规模,是为鼎盛。

天童寺寺院殿堂顺着山势,由低渐高,从寺前的六塔到天王殿到佛殿到法堂再到罗汉堂,整个建筑梯级布局,错落有致。中轴线由南向北依次为外万工池、七塔苑、内万工池、照壁、天王殿、大雄宝殿、法堂、先觉堂、罗汉堂,均重檐歇山顶,筒瓦骑缝,并饰以鸱尾脊兽。寺内佛殿前有清顺治帝书"敬佛"碑、康熙帝书"名香清梵"匾、雍正帝书"慈云密布"匾。还有宋、元、明、清碑刻30余方。天童寺是"曹洞宗"的祖庭,"曹洞宗"流行于日本,是日本佛教重要派别之一,信徒达数百万,其开山祖师道元禅师曾在该寺参禅得法。日本"临济宗"始祖千光荣西,也曾来此参学,并从日本募得大批百围巨木,建成千佛阁。此外,日本一代绘画巨匠雪舟和尚,还曾任过天童寺首座。以后代有日僧来此学禅。目前天童寺正在建设禅学研究中心,面向东北亚开展禅修领域的国际学术交流,并在禅学养心修身方面进行探索,以

天童寺放生池(叶炜摄)

进一步发挥好天童寺禅学中心的作用。

从天童禅寺往西走5公里左右，宝幢岭旁，又见一座雄伟壮丽的寺院，这便是赫赫有名的阿育王寺。阿育王是古代印度摩揭陀国孔雀王朝的第三代国王。他早年好战杀戮，统一了整个南亚次大陆和今阿富汗的一部分地区，晚年笃信佛教，放下屠刀，又被称为"无忧王"。为了消除佛教不同教派的争议，阿育王曾邀请著名高僧目犍连子帝须长老召集1000比丘，在华氏城举行大结集，驱除外道，整理经典，并编撰了《论事》，为佛教在印度的发展做出了巨大的贡献。他统治的时期是古印度史上空前强盛的时代，他也是印度历史上最伟大的国王。宁波的阿育王寺并不是为了纪念印度的这位国王，而是为了供奉阿育王所建造的佛祖舍利塔。

公元前486年，释迦牟尼涅槃，弟子在他火化后发现了许许多多的舍利。为了传播弘扬佛法，阿育王造了八万四千座宝塔，每座塔中均藏有释迦牟尼的真身舍利。造好后，护送安放于天下"八吉祥六殊胜地"。其中在中国有19座释迦牟尼舍利塔。

西晋时，山西有一位叫刘萨诃的猎户，出家后法名慧达，决心寻找释迦牟尼舍利塔。西晋太康三年（282），慧达由北而南走遍山山水水，来到现在北仑大碶乌石岙的时候，忽然听到钟鸣之声从地下传来，便虔诚求祷。三天三夜后，果然见到一座五层四角的舍利塔从地下腾跃而起，塔高约四尺，方七寸，内悬宝磬，中缀舍利。这就是阿育王所造的那八万四千座舍利塔之一。慧达寻得舍利塔后，就地结茅供养，他所设立的龛堂就是阿育王寺的雏形。

南北朝梁普通三年（522），梁武帝赐寺额"阿育王寺"，阿育王寺名延续至今。如今，在距阿育王寺东三公里处有阿育王古寺遗迹，为当年释迦牟尼舍利塔涌现处，立有"涌见岩"碑。

阿育王寺舍利殿中保藏的舍利，据说是佛顶骨舍利。舍利塔中空，中间悬挂一个实心钟，钟底正中，有一针，舍利附于针端。四面有窗，华格栏遮，手伸不进去。看舍利就从华格孔中朝里看。舍利的形状、颜色、大小、多少、定动，均无一定。平常人看，大多看见是一粒，也有看见二、三、四粒的；有见舍利靠于钟底不动的；有见一针下垂至一寸多的；有见舍利忽降忽升、忽小忽大的；有见墨绿者、黄者、赤者、白者，以及同一颜色，但浓淡不同，或者兼有两种颜色和各种异色的；有见色气黯然的；有见色气明朗的。不但每个人看见的不一样，而且一个人多次看也是变化不一。还有看见莲花和佛菩萨像的。见舍利小时，每如小绿豆大，也有见如黄豆大或枣大的。不管什么形状、颜色，能够见到佛舍利便是天大的佛缘，是佛教徒梦寐以求的心愿，所以平时求见的人真的不少。但舍利又十分珍贵，一般情况下并不轻易示人，以至于人们对舍利既有一种敬仰，又充满了神秘感。

阿育王寺（水贵仙摄）

宁波市区百丈路与箕漕街交界处，耸立着七座石塔，旁边是一座寺院，寺院因为有七塔而被命名为七塔寺。

七塔寺全称为七塔报恩禅寺，是宁波市中心区规模最大、保存最完好的寺院，始建于唐大中十二年（858），称东津禅院，曾改称"栖心寺""崇寿寺""楼心寺"，后因在康熙年间寺前建有七座石塔代表七尊佛而得名。七塔禅寺自创建以来，屡经兴废，特别是"文革"动乱之际，更遭严重破坏，七塔道场名存实亡。1980年开始修复寺院。住持月西长老殚精竭虑，倾注全力，逐渐修复了寺前七塔、寺门、天王殿、大雄宝殿、三圣殿、方丈殿、藏经楼、钟楼、玉佛阁、慈荫堂、东西厢房及围墙等，因此被尊为七塔禅寺复兴之师。1993年月西圆寂后，可祥法师秉承师父遗训，带领全寺僧俗四众，重修了圆通宝殿、综合楼等。近年又辟建了"栖心图书馆"、讲堂，重建了东厢房，新建了鼓楼（底层观音殿精雕供奉十一面观音菩萨圣像），改建了山门牌楼，还经常邀请高僧大德和有关专家到寺向信众讲经解惑，弘扬佛教正能量。2003年3月25日，可祥法师荣膺七塔禅寺新一任方丈，成为临济宗第42代传人。

七塔寺除主要殿堂为古典建筑外，还保存有一批珍贵文物，主要有：寺院开山祖师心镜藏奂禅师舍利塔，上刻"唐敕赐心镜禅师真身舍利塔"等字样；宋代大铜钟两口，各重达七千斤、八千斤，分别铸于南宋绍兴四年（1134）和嘉定十一年（1218）；清雍正十三年（1735）刻印、光绪颁赐之《龙藏》一部；梵文贝叶经一束；海内唯一的清代石刻五百罗汉造像图等。寺院是浙江省重点文物保护单位。

唐朝末年，烽火连天，民不聊生，人民生活在苦难之中，即使是宁波这种鱼米之乡也是如此，卖儿鬻女的有之，居无定舍的有之，饥寒交迫的有之。有一天，人们发现明州奉化的龙溪上漂着一捆柴，柴上有一幼儿，那孩子生得圆头大耳、眉清目秀，对人眯眯发笑，有人

雪窦寺（叶炜摄）

爱不释手，把孩子抱回家抚养起来。后来，这孩子长大剃度到香火鼎盛的岳林寺。出家后，他总随身带着一个大布袋，人称"布袋和尚"。布袋和尚，名契此，号长汀子，是五代时后梁高僧。世传其身体胖，整日袒胸露腹，笑口常开，而且幽默风趣，聪明智慧，与人为善，乐观包容，深受人们尊敬和爱戴。早年虽在奉化岳林寺出家，但最爱游化雪窦，常在雪窦寺弘法，因此雪窦山也就变成了布袋和尚的道场。布袋和尚升级成弥勒佛后，雪窦山便成了"弥勒圣地"了。

其实，布袋和尚与弥勒佛并不是一回事，弥勒佛作为佛教上的未来佛，继释迦牟尼之后将成为下一尊娑婆世界的佛。而这尊佛，佛经中记载，将会在五十六亿七千万年后成为现世佛。尽管地位十分崇高，但佛经上并没有对其形象有具体描述。倒是《西游记》对弥勒有详细的描写:"大耳横颐方面相,肩查腹满身躯胖。一腔春意喜盈盈,两眼秋波光荡荡。敞袖飘然福气多,芒鞋洒落精神壮。极乐场中第一尊,南无弥勒笑和尚。"这样的描述刚好与布袋和尚的形象相吻合,于是,民间便合二为一,以后凡是弥勒佛都以布袋和尚代之。

人们之所以喜欢布袋和尚形象的弥勒佛,是因为其所蕴含的良好寓意:弥勒体现了慈悲宽容。佛是大智大悲大能之人,慈悲的心怀,才能使其对世间深受苦难的民众抱以同情、施以援手;宽容的心性,才能使其对世间犯过错做过恶的人,给予改正弥补的机会。弥勒有忍辱负重的精神。弥勒佛具大智大慧,对人间世事早已了悟觉醒,他常化身凡人,四处游历,对世人对他的嬉笑怒骂,早已无记于心。忍辱负重,方能成就大事。弥勒一向乐观豁达。弥勒佛笑口常开,大肚能容,俗语有云:开口便笑,笑古笑今,凡事付之一笑;大肚能容,容天容地,与己何所不容。告诉世人,应该乐观豁达,淡泊名利,与世无争。弥勒能驱邪辟凶。佛光普照,佛法无边,在强大的佛力面前,任何邪恶的事物都得退居一旁,妖孽不敢肇事。

奉化溪口雪窦寺历史悠久,初创于晋,兴于唐,盛于宋,至今已有一千七百余年历史,在佛教史上居于重要地位。南宋时被定为"五山十刹"之一,明时被列入"天下禅宗十刹五院",今有人称为佛教第五大名山。作为弥勒道场,雪窦寺独具特色和魅力。除了各寺院都有的山门、放生池、照壁、天王殿、大雄宝殿、法堂外,还建有弥勒宝殿,此殿为佛门独创,建筑面积为1218平方米,重檐歇山顶,覆盖黄色琉璃瓦。殿正中,供布袋和尚像,高5米,端坐于青田石雕九龙图案之须弥座上,坦腹屈膝,笑容可掬。殿壁两侧彩塑姿态各异之千尊弥勒小像,以中国五大名山为背景,别开生面,令观者耳目一新。

为了弘扬弥勒所包含的诸般佛理,教化众生,2008年11月8日在雪窦寺后面的半山腰上,落成了世界上最大的露天弥勒座像,供信众顶礼膜拜。大佛由紫铜分块铸造后拼接而成，庄严神圣，气势恢宏。仰望他，让人不由自主地产生敬仰之情，心里涌起无限崇敬之意。大佛身上还蕴含着不少秘密：大佛建在海拔 369 米的山坡上，佛身总高 56.74 米，表示 56 亿 7 千万年后，弥勒下生成佛，龙华三会，度尽众生；坐姿佛像净高 33 米，表示弥勒身居 33 层天，也表示相传的布袋和尚圆寂日三月初三；弥勒佛座下莲花是 56 朵，寓意我国 56 个民族和谐共荣。佛身面积 6600 多平方米，用 1200 吨钢材、锡青铜完美铸造。大佛集壮观、雄伟、神圣、高大于一身，既是天下铜铸弥勒座像之最，又成就雪窦山佛教第五大名山之巨作。

弥勒大佛是典型的中国佛，具有比丘相、罗汉身、菩萨意、布袋形、佛之像。佛像的象征意义为：宽大头颅表示智慧无量；慈慧佛眼表示慈心无尽；双耳垂肩表示长命宝贵，福慧双全；笑口常开表示施乐人间，欢喜无边；袒胸露肩表示真诚无比；偌大肚皮表示宽厚包容；左手握布袋表示提起来是责任，放下去是烦恼；右手握佛珠表示把握未来乾坤；平放的左脚和竖起的右脚表示弥勒菩萨在兜率内院修持精进，行将下生成佛，会启龙华，度尽众生。佛像的五个脚趾上镌刻的是"慈、悲、智、愿、行"。

2008 年 11 月 8 日，农历己丑年九月廿二，是弥勒大佛落成开光之日，从清晨开始便大雨滂沱，人们说当时布袋和尚就是乘竹筏从水中来的，所以下雨是应了景的。在进行了一系列官方与佛教的规仪，即将完成全部开光流程时，雨忽然停了。说来奇怪，弥勒佛头顶右后方的天空飘来了一朵绛红色的云朵，众人仰望，皆说菩萨显灵了。对此现象，人们众说纷纭，无法合理解释，或许是凑巧吧。

除了上面讲到的五大寺院外，宁波还有不少历史悠久、规模和影响力很大的寺院，海曙的观宗寺、鄞州的金峨寺、北仑的瑞岩寺、镇海的香山寺、江北的保国寺和宝庆寺、慈溪的伏龙寺、余姚的玉佛寺、奉

保国寺（叶炜摄）

化的岳林寺、宁海的广德寺、象山的弥陀寺以及比丘尼当家的东钱湖小普陀寺、慈城妙音精舍、宁海桥头胡慈云寺等。不仅如此，宁波还有许多散落在各地的小庙小庵，供奉着各种各样的佛菩萨，可见宁波佛教传播的广泛。

宁波信佛的人到底有多少，并无确切的统计，但估计除了信仰天主教、基督教、伊斯兰教的外，许多人都有佛教情结，这与佛教早早就完成了中国化有很大关系，就连我们日常用语都有太多的佛教元素，难怪许多人遇事都要求神拜佛，甚至临时抱抱佛脚了。

宁波佛教徒信奉的是汉传佛教，属于北传大乘佛教的一支，而且百姓在信仰中往往释儒道不分，玉帝、如来、观音、财神、清官、祖宗等会供奉在一起，反正谁有用就供奉谁。从宁波人拜佛的目的性来

宝庆寺（沈国峰摄）

看，可以分成以下几类：一是修来世，主要是一批上了年纪的老妇人，她们有比较坚定的信仰，相信人死后会转世，吃素拜佛念经可以得到佛祖庇佑，来世会幸福美满。二是求子嗣，小夫妻婚后多年不育，到寺院在观音菩萨前求一求，让菩萨慈悲送子。三是求财求平安，这是在菩萨面前求得最多的，办企业做生意的总想做大做强，顺风顺水多赚钱，于是便经常拜拜佛，供供香烛、糕点、水果，以感动菩萨，保佑自己心想事成。不少宁波人办的店铺和工厂里，都可以看到有一个小小的佛龛，里面放着西方三圣或观音菩萨等，外面点着红烛和细香，供奉着苹果、橘子等水果，老板和员工每天拜上几拜，祈求企业平安、发达。有子女出门在外的，做母亲的一定会在佛像前反复祈祷，保佑子女平安顺利。四是求去世的亲人在阴间不受苦，早投胎。在菩萨面前念经、念佛，让死去的丈夫或父母在地下有钱花、有快乐，转世到好人家。当然拜佛还有一些个人的期盼，比如希望逢凶化吉，遇难呈祥；比如希望考上好的大学；比如能找到如意郎君或美丽贤惠的妻子等。每个人心里都有一份美好的愿望，把它寄托于佛菩萨也无可厚非，但宗教对于信仰它的人来说，能起作用的仅仅是心灵慰藉而已，要获得人生的幸福快乐，还得靠自己的艰苦努力才行。

书院文化

书院是中国古代民间教育机构，是古代中国教育制度有别于官学的一种独立的教育系统。通常由富商、学者自行筹款，于山林或湖岛僻静处建学舍，或置学田收租，以充经费。宁波历史上虽然没有像岳麓书院、白鹿洞书院、嵩阳书院这样闻名全国的书院，但书院的出现比较早，唐中晚期已经有了零星布局，宋以后蓬勃发展，元明清不断涌现，宁波成为浙江省内书院最多的地区。据宁波文化学者周达章考证，唐朝宁波地区比较有名的书院有两所。一是唐大中二年（848），县令李楚臣创建的德润书院，延续了千余年，至雍正年间，迁至小东门。二是唐大中四年（850），县令杨宏正在象山蓬莱山下栖霞观创办的蓬莱书院。这座书院也有一千多年的传承历史，其间多次废弃、重建，文脉断续相接。宋嘉定年间，县令赵善晋重修书院。清乾隆十八年（1753），知县尤锡章重建书院，因为书院前有濯缨溪，更名为"缨水书院"。1758年，乡贤邓怀圣捐资重修，改名为"缨溪书院"。

两宋时期，宁波书院发展迅速，知名的有十多所。位于鄞西的有三所，桃源书院、杨文元书院和焦征君书院；位于城区的有城南书院、南山书院和长春书院；象山有丹山书院；奉化有广平书院和龙津书院；余姚有龙山书院和高节书院。宁波书院发展得风生水起，名声在外，直至引起最高统治者的关注。比如桃源书院被北宋宋神宗赐予匾额。南宋宋理宗则赐额甬东书院、南山书院。南宋著名的书院"碧沚书院"在今天的月湖边,因为知名度较高,被当时的皇帝宋宁宗赐"碧沚"二字。

元朝在一定程度上继承了宋朝发展教育的优良传统,宁波的很多书院得以保存和延续,还新建了不少书院。据延祐《四明志》等记载,当时宁波(庆元路)有甬东书院、鄮山书院,慈溪有杜洲书院,鄞东有东湖书院,镇海有湖山书院等。

明朝由于理学的繁荣,书院继续得到发展。鄞县籍理学家黄润玉致仕归乡后,在横溪创办南山书院,传授他的理学思想。这一时期的书院突破了宋元时期的固有模式,除了藏书、刻书、教书,还增加了

德润书院前清雍正应冯氏节孝坊(来自《天赐慈城》)

一项重要内容——普及书法艺术。如慈溪的书画舫，是聚会、吟诗、作画的地方。

清乾隆年间，宁波地区书院的数量大大超过前代。据统计，清代宁波地区的书院有57所，除了历史上传承下来的，还新办了不少，如月湖书院、证人书院、辨志书院、崇实书院，还有北仑的灵山书院和九峰书院。到了清末，随着科举制度的废除，书院受到严重冲击。同时，西方文化传入，学堂取代书院，成为新的教育模式。在众多的宁波古书院中，最值得一提的是桃源书院、月湖书院和慈湖书院。

桃源书院。北宋庆历年间，当年号称四明"庆历五先生"的杨适、杜醇、王致、王说、楼郁创立了"妙音院"，首开讲学之风。其中王说于宋熙宁九年（1076）创办了"桃源书院"，书院由王说的宅地"酌古堂"改建而成。王说的孙子王勋考中进士后上书宋神宗，得御赐书额"桃源书院"。书院建成后教授周边乡里生徒达三四十年之久。元代至正末年，乡儒张文海上书地方官员重修了书院，后张文海被贬，书院逐渐败落。

桃源书院之所以在宁波文化教育史上地位突出，并不仅仅因为得到了宋神宗的御书匾额，而是因为彻底改变了宁波文化落后的面貌。据记载，从汉朝到北宋长达一千年的时间里，浙东文风未开，即使以文章著称的唐朝，明州有记载的诗人也只有6位，在浙江11个州中倒数第三。到了北宋庆历七年（1047），年轻有为的王安石到鄞县任知县，他深知教育的重要，于是大力兴学校、举贤才，首开讲学之风。在他的倡导下，鄞县的书院如雨后春笋般地兴办起来，桃源书院就是其中之一。桃源书院建成后，许多甬上大儒包括王安石等都在此收徒讲课，琅琅书声在以后的四十年间曾经久久地响彻在四明山的千山万壑之中。皇帝赐匾后，桃源书院名声大噪，成为宋代浙东群贤荟萃之所。后来，南宋宰相史浩、唐宋八大家之一的曾巩和第一状元张孝祥等名人

都曾经求学、客居在桃源书院。桃源书院又是当时鄞县的最高学府,为宁波造就了许多优秀人才。根据资料记载,自宋以后,鄞县历代进士达1205名,其中宋代有730名。

月湖自唐贞观年间开掘后,除蓄水防洪功能外,逐渐成为宁波的风景名胜区和文化汇聚区。宋以来,月湖周边涌现出众多书院,成为甬城读书人的圣地。

据考证,宋代月湖的书院,规模都比较小,集住宅、藏书楼与讲堂为一体,一般称作讲舍或讲院,都属私人所办。最早的讲舍,为北宋"庆历五先生"之一的楼郁所建。楼郁初居城南,在柳亭设讲堂,后

慈湖书院，即今慈湖中学（沈国峰摄）

迁月湖竹洲讲学，人称正议楼公讲舍。南宋孝宗时，作为明州"淳熙四先生"的舒璘、沈焕、杨简、袁燮继承陆九渊学说，聚首月湖，设书院讲学。他们四人都是宋孝宗乾道年间（1165—1173）杭州太学读书时的同学，当时的老师正是陆九渊。陆九渊是南宋著名学者，他发展了儒学中的心学一派，后人称为"陆学"。这几位主讲"一时师同门，志同业"，有共同的哲学理论，有共同维护和发展陆九渊学说的心愿。同一时期，月湖还有碧沚讲舍、城南书院、沈端宪讲舍等，分别聘请杨简、袁燮、沈焕等著名学者主讲，这个时期是月湖文化活动最活跃的阶段。

明代以后，月湖书院逐渐衰落沉寂。清初，清廷以"聚群结党""空谈废业"为由，抑制书院。月湖区域的书院只剩下月湖书院、竹洲三先生书院和辨志书院三家。

月湖书院，本名义田书院，在月湖西广盈仓基（今偃月街中段），顺治八年（1651）由海道副使王尔禄创建。初置义田百余亩，延聘义师一人，以教民间子弟无力从师者，故称义田书院，咸丰末年毁于战火。竹洲三先生（沈焕、沈炳、吕祖俭）书院，由清代浙东学派代表人物之一全祖望重建，位于竹洲。全祖望以竹洲为别业，晨夕读书其间，一边授业，一边考据，写成了许多名篇。辨志书院，也在月湖竹洲，清光绪五年（1879）知府宗源瀚创建。院舍四进，南楼为讲堂厅，左右厢楼为学子寄宿，屋后辟花园。除山长总掌外，分设汉学、宗学、史学、舆地、算学、词章六垒，各设垒长，创甬上开设舆地、算学等新学科先河。聘学者黄以周（清同治举人）主讲。学子来自府属各县，皆秀才、童生。清

光绪《鄞县志》中的月湖书院

光绪二十八年（1902）停办。

现在江北区的慈城，中华人民共和国成立之前的几千年，一直是慈溪县的县城。慈城作为一个古县城，文化底蕴深厚，人才如雨后春笋代代涌流，从隋建立科举制度到清末最后一次科考，共产生进士519名，其中状元5名，榜眼1名，探花3名。涌现出这么多的顶尖人物，与慈溪官方和民间十分重视教育有关。

慈湖书院碑记（宋末王应麟文）

慈城北边的慈湖畔，是书香浓烈之地，从东吴重臣阚泽开始，便有刻苦读书的传统。南宋时则办起了慈湖书院。南宋嘉泰三年（1203），心学大家杨简筑室故里慈溪治所之德润湖畔，并更湖名为慈湖，设慈湖馆讲学。杨简为陆九渊最著名的弟子，世称慈湖先生。杨简殁后，咸淳七年（1271），沿海制置使兼知庆元府刘黻复建慈湖书院，请于朝赐院额，亦名杨文元公书院。《慈湖书院记》称："为先生延誉于世，即先生旧宅，创书院于慈湖之滨，规模轩豁，襟佩锵鸣，其景行前修，风厉后学，恳恳切切之心，即先生昭昭灵灵之心也。"书院设堂长，掌管书院事务。杨简再传弟子曹汉炎曾任书院堂长。书院中礼殿崇崇，祠宇奕奕。敷经之席，肄业之舍，规模相当可观。济济多士，游习其间。元、明、清三朝，慈湖书院屡废屡兴。1901年科举中断，慈湖书院更名为慈湖中学堂及后续至今之慈湖中学。

浙东学术

不知道老天在余姚江掺杂了什么灵丹妙药，似乎喝了这里的水就会变得聪明睿智。自古以来，余姚江畔名人众多，思想激荡，文化昌隆。浙东学术，从东汉的严子陵、三国东吴的阚泽、唐初的虞世南，到明清的王阳明、黄宗羲、万斯同等哲人名家，都集中涌现在姚江两岸，他们对中国文化的发展、中国历史的演进，功勋卓著，彪炳史册。尤其是以王阳明的心学发端、黄宗羲正式开创的浙东学派，至今仍然影响着宁波后人，成为宁波人集体人格的重要文化基因。

浙东学术，或称浙东学派，源起于宋代，发达于明清。其代表人物多为活动于今浙东一带的学者，即清初以黄宗羲、万斯大、万斯同、邵廷采、全祖望、章学诚、邵晋涵等为代表的研究经学兼史学的经史学者，因这些代表人物均系浙江东部人氏，故取名浙东学术。浙东学派的学术思想体系庞杂，著作繁多，其重要学术取向继承王阳明的"经世致用，知行合一"，主张学术研究不能脱离实际，而要为社会服务。其研究的重点领域是经学和史学。

经学研究由黄宗羲开端。黄宗羲（1610—1695），浙江余姚人，字太冲，一字德冰，号南雷，别号梨洲老人、梨洲山人、蓝水渔人、鱼澄洞主、双瀑院长、古藏室史臣等，学者称"梨洲先生"，明末清初经学家、史学家、思想家、地理学家、天文历算学家、教育家，与顾炎武、王夫之并称"明末清初三大思想家"，亦有"中国思想启蒙之父"

天一阁藏黄宗羲著作（来自天一阁）

之誉。他学问极博，思想深邃，著作宏富，一生著述多达50余种，300多卷，其中最为重要的有《明儒学案》《宋元学案》《明夷待访录》《孟子师说》《葬制或问》《破邪论》《思旧录》《易学象数论》《明文海》《行朝录》《今水经》《大统历推法》《四明山志》等。他强调经学研究的必要，所撰《易学象数论》开启了从哲学和考证方面对易学的研究。浙东学者中，专以经学见称的还有万斯大。万斯大师从黄宗羲，经学研究主张"非通诸经，不能通一经；非悟传注之失，则不能通经；非以经释经，则亦无由悟传注之失"。这在清初对于致力于经文本义,冲破宋儒"传注之重围",归还儒经本来面目,具有积极的意义。万斯大经学研究偏重"三礼",被当时学者誉为"冠古今必传之作"。浙东学派的经学研究也为后来的浙东学者所继承,如邵晋涵的《尔雅正义》、黄以周的《礼书通故》、孙诒让的《周礼正义》等都延续了清初浙东学者治经的传统。

浙东学派另一个重大成就就是对史学的研究,尤其是在明史、明代学术史、史学理论及地方志编纂等方面,具有开创性的贡献。

在明代历史研究方面,黄宗羲撰著了《弘光实录钞》《行朝录》,选编卷帙浩繁的《明史案》《明文案》,及增益《明文案》而成《明文海》,其中很多史实记载了他的亲身经历,具有很高的历史价值。万斯同独力完成了《明史稿》五百卷,被誉为"(司马)迁、(班)固以后一人而已"。又仿照《通鉴》作《明通鉴》,对明清鼎革之交的历史做了详尽的描述。此外邵廷采作《东南纪事》《西南纪事》,万

黄宗羲墓(黄孟丹摄)

言作《崇祯长编》等，都是有关明代历史的学术专著。

在学术史研究方面，黄宗羲作《明儒学案》，是综述明代学术思想史的专书。《明儒学案》揭示了明代二百余年学术思想发展的脉络，条分缕析，珠联璧合，浑然一体。黄宗羲还草创了《宋元学案》，此书经过其子黄百家和全祖望、王梓材先后续补才告完成。万斯同撰写了《儒林宗派》十六卷，以图表的形式列出"孔子以下迄于明末诸儒"，所载人物之多实属空前，时间跨越了万斯同以前的整个中国封建时代，这种对中国学术思想的大规模清理，在中国历史上尚属首创。

在史学理论研究方面，黄宗羲强调历史研究必须经世致用，万斯同则提出"生之谓变"，全祖望主张"旁罗博综"和"推原其故"。而章学诚的《文史通义》提出"六经皆史"，他认为编撰历史，必须具有史意，并兼及"经世"之用，反对那种泥古不化、墨守师说、言古必胜今的论调。正是基于这种认识，章学诚从"六经皆史"、史学是"经史"之学立论出发，探讨古今学术源流的演变，从而提出了一整套对史学的看法。如他认为修史"必知史德""事溯已往，理阐方来"等。"六经皆史"这一命题的提出，突破了传统史学理论，具有创立新时代文化的意义。

在地方志编纂和研究方面，万经、全祖望参与编修的乾隆《宁波府志》和章学诚的乾隆《和州志》《永清志》《亳州志》等均是当时的名作。尤其是章学诚对方志学理论的构建有突出贡献，他认为，方志不仅具有为撰修国史提供史料的功能，而且还有澄清史料真伪的作用。章学诚将方志作为史学的一部分，认为方志有作为"史"的功能和作用，对方志学的发展做出了重要的理论贡献。

浙东学派熟谙传统文化，而且善于独立思考，敢于超越传统，质疑辨异，开创新说。许多观点思想超前，对当时封建官场和知识界具有思想启蒙意义。其主要的观点，一是"公天下"。浙东学派认为，"公天下"就是能使老百姓"各得自私、各得自利"的天下。崇公灭私虽是中国传统社会的主导观念,但"普天之下莫非王土,率土之滨莫非王臣",这"公"是以政权来体现的,政权又以君主为代表,因此,"公"到最后就归帝王一人所有。几千年来,这种公私观念在中国社会一直占据着正统地位。只是随着商品经济的发展,特别是到明后期,在商品经济比较发达的浙东地区,这种传统的公私观念才开始动摇。黄宗羲则从秦汉以来田产私有的土地关系中得出了"天下是百姓的天下"的结论,指出君王把天下当作自己的私产,无疑是世上最大的盗贼。他从人生来就自私自利立论,认为天下百姓和君主一样,生来就有自私自利的权利,因此君主和天下人具有平等的权利。他指出,有公的天下就是统治者全心全意为百姓服务的天下,就是能使百姓各得其私、各得其利的天下。二是主张"工商皆本"。浙东学派以"切于民用"为标准,揭示了"工商皆本"的合理性。历代封建统治者都把"重本(农业)抑末(工商业)"作为基本国策。明清时期,统治者更是变本加厉地推行这一国策,规定"各守其业,不许游食",严禁弃农从商。在这一历史背景下,以黄宗羲为代表的浙东学派从反对"重本抑末"的传统经济伦理观念着手,提出了"工商皆本"的经济思想。他以是否"切于民用"为标准,对关乎国计民生的所谓"本"和"末"做了新的界定,在理论上说明了"工商皆本"经济观念的正确性,从而为发展商品经济提供了思想武器。三是强调民富先于国富。儒家的民本思想植根于自给自足的农耕经济,强调国家应以"保民""养民"为最高职责,并把强国放在第一位,认为富民是为了强国,富民则强调"不患寡而患不均",提倡"均富"论。而浙东学派的富民思想立足于发展商品经济的要求,反映了新的时代气息。首先,他们所重视的富不是"本富"而主要是"末富",认定"商贾"与"力田"一样都是致富的正途;其次,他们认为只有民富才能国富,"夫富在编户,不在

王阳明像（俞荣群摄）

府库"。富国和富民，富民是第一位的。他们反对国家打着抑兼并的旗号来压制、侵夺富民的财产。黄宗羲一再强调，解决土地问题不能"夺富民之田"，主张对富民也进行授田，反对均富论。四是主张义利统一。儒家传统思想一直主张重义轻利，黄宗羲则认为人应尽其所能为社会服务，但社会对个体的地位和权利也不应漠视。这就基本上确立了与商品经济发展要求相一致的义利观。

浙东学派的这种公私观、经济观、富民观、义利观，由于切合商品经济社会的发展要求，因而从明清以来一直对浙东社会有深刻的影响，世代相传，并由此而发端，诞生了直至今天仍然生机勃勃的宁波商帮文化。

说到浙东学派,不得不追溯其源头活水——阳明心学。阳明心学由明朝武宗正德年间的哲学家、思想家、军事家、文学家王守仁先生所创。

王守仁(1472—1529),浙江余姚人,幼名云,字伯安,别号阳明。王守仁为弘治十二年(1499)进士,历任刑部主事、贵州龙场驿丞、庐陵知县、右佥都御史、南赣巡抚、两广总督等职,晚年官至南京兵部尚书、都察院左都御史。因平定宸濠之乱等而封爵新建伯,隆庆时追赠侯爵。王阳明除了杰出的军事才能外,其主要成就是集心学之大成,创立阳明心说,成为继孔子(儒学创始人)、孟子(儒学集大成者)、朱熹(理学集大成者)后儒家之圣人,被后世并称为孔、孟、朱、王。其

位于王守仁故居的"新建伯"牌坊(俞荣群摄)

学术思想传至日本、朝鲜半岛以及东南亚,立德、立言、立行于一身,成就冠绝有明一代。

阳明心学的核心简要地说就是三句话:心即理,致良知,知行合一。所谓"心即理"就是"心的本体就是天理",天理就是人们所苦苦追求的圣人之道,就是宇宙间最高的"天道"。正所谓"心即道,道即天。知心则知道、知天"。心即理,你的心就是这个世界的主人,是阳明心学的逻辑起点。

所谓"致良知",就是致吾心内在的良知。也就是要达到良知,时时刻刻接受良知的指引。这里所说的"良知",既是道德意识,也指最高本体。王阳明认为,天下没有比良知更好的东西了。圣人要教导好别人,自己首先必须做到致良知。他解释说:"见父自然知孝,见兄自然知悌,见孺子入井自然知恻隐,此便是良知。"

所谓"知行合一",意思就是知是行的开始,行是知的完成,知行不可以分开看作两件事情。王阳明提倡以知为行,认为知是行的先导,行是知的体现。知是行的开端,行又是知的完成。知中有行,行中有知,二者互为表里,不可分离。知是认知,行是行动。"一念发动处便即是行",所以知行其实是一回事,即知行合一。

王阳明认为,"心即理"是开端,是起因,即意之动;"知行合一"是认知过程,是实践;"致良知"才是根本目的。三者形成一个统一整体,缺一不可。

作为浙东学术文化的思想和理论基础,王阳明心学不仅在其诞生后的四百多年中影响巨大,而且直到今天仍然可为我们提供许多有益的借鉴,启迪我们的智慧;不仅在中国被无数国人所学习研究,而且走出国门,在日本、韩国、新加坡等地享有崇高的学术地位,被当地的思想界、学术界所推崇。比如在日本,阳明心学自传入后,被上流社会广泛认可并被实际运用,其最大的贡献是推动了明治维新的发展。在日本明治维新时期，很多重要人物都研究过阳明学，他们十分看重阳明学中强调人的精神力量和意志、强调实践的说法，要求以实际行动变革社会。因此有很多人认为阳明学是明治维新的原动力。曾经，宁波有一个政府代表团赴日访问，在日本官方接待时，出现了一个有趣的现象：当介绍代表团成员中的阳明研究院院长时，日方人员都用十分敬佩的眼光望着他，然后拼命鞠躬，再三表示欢迎，连声说多多关照，表现出超乎寻常的热情，反而冷落了代表团团长。这也反映了日人对阳明学说的崇拜。

我们党的领袖对阳明学说同样十分推崇。毛泽东同志的一生和王阳明有很多"交集"，特别是在思想层面。毛泽东早期文稿中的很多话都是从王阳明心学中来的，如他提出的"个人有无上之价值""以我立说，乃有起点，有本位""欲动天下者，当动天下之心，而不徒在显见之迹。动其心者，当具有大本大源""夫本源者，宇宙之真理""宇宙之真理，各具于人人之心中"等等，都与阳明心学有关。2015年全国两会期间，习近平总书记说道："王阳明的心学正是中国传统文化中的精华，是增强中国人文化自信的切入点之一，作为中国人，不可不知王阳明。"他还在不同场合的讲话中多次引用阳明学说，如在建党95周年庆祝大会上，习近平总书记就引用了王阳明"志不立，天下无可成之事"这句话，要求全党同志必须坚定理想信念不动摇。

宁波作为阳明故里，在传承弘扬阳明学说方面应当做更多的努力。2018年，宁波市委书记郑栅洁在首届世界"宁波帮·帮宁波"发展大会上用四个"知"重新诠释了宁波精神，其中最核心的内容仍然是阳明学说。这"四知"的第一个"知"，是知行合一。在经世致用、知行合一的文化传统熏陶下，宁波人做事专注认真、务实低调，在不同行业领域取得了不同凡响的业绩。近代史上，宁波人创造了100多个"中国第一"和"中国之最"。现代以来，宁波更是涌现出一大

院士林（沈国峰摄）

批院士专家、工商巨子、文化名人。第二个"知"，是知难而进。近代以来，一大批宁波人背井离乡，闯荡上海滩，创业香江畔，开启了"宁波帮"的百年辉煌。改革开放后，宁波人一步一个脚印，把小作坊变成了大企业，把"宁波造"卖向了全世界，创造了民营经济发展壮大的奇迹。虽然外部环境严峻复杂，但许多宁波企业家说"越是形势困难，越是企业谋发展的好时机"。这种乐观自信、不惧艰险的精神，正是宁波人不断取得成功的秘诀之一。第三个"知"，是知书达礼。宁波文化底蕴深厚，素有"文献名邦"的美誉。宁波人"耕读传家、诗书继世"的思想根深蒂固，教育子女不仅要掌握发家致富的本领，还要读书修德、明理知义。"宁波帮"最为世人称道的，就是商行天下、义行天下，时时处处展现出义利并举的品质和风骨。第四个"知"，是知恩图报。"宁波帮"人士虽然在五湖四海打拼，但都拥有报效祖国、造福桑梓的家国情怀。经常看到全国各地以人名冠名的医院、教学楼、图书馆以及各类慈善公益基金，很多就是"宁波帮"人士捐助的。这种家国情怀也深深影响着富起来的宁波人。近年来，一大批宁波企业家到异地投资创业，带动当地老百姓共同致富奔小康。普通市民也通过各种方式奉献爱心、回馈社会，暖心故事数不胜数。

藏书文化

"书藏古今"是人们对宁波这座书香之城的高度概括。一讲到这句话，便会想到那古色古香的天一阁。是的，天一阁是亚洲现存最早的图书馆、世界最古老的三大家族图书馆之一，由明南京兵部右侍郎范钦所建。现藏有古籍近30万卷，其中珍、善本8万卷。天一阁不仅是宁波重要的文化地标，也是整个中国文化发展的重要缩影。乾隆朝编纂《四库全书》，从天一阁调书638宗，其中入编96宗，存目200多宗；紫禁城内的皇家藏书楼——文渊阁就是参照天一阁的建筑意样建造的，天一阁成为中国藏书楼的典范。

其实，天一阁藏书在宁波并不算早，据史料记载，三国东吴慈溪人阚泽小时因家贫无钱，常被人雇用抄书，以此获得学习机会。南北朝时余姚人虞和与五代时慈溪人林鼎家里都有聚书。到了两宋，尤其是宋室南渡后，宁波兴起藏书风。北宋末年的移民潮中，明州是"天下贤俊多避于此"的江南七府之一。移民中多有中原望族，出身书香门第，诗书底蕴极深。在中原望族文化与浙东地域文化交汇交融的影响下，宁波藏书文化逐渐形成，并出现了勃发之势。同时，杭州作为全国刻书业中心，为毗邻的宁波藏书业提供了取之不尽的收藏来源。那时，在宁波本地还有一批思想家、教育家，如以杨适、杜醇等为代表的"庆历五先生"和以舒璘、沈焕等为代表的"甬上四先生"。他们

南国书城天一阁（沈国峰摄）

教授乡里，设坛讲学，浓厚的学术研究风气，也为宁波藏书业的发展起到了促进作用。

明清是宁波藏书文化的鼎盛期。明朝，浙东地区文化发达，学术昌盛，著述众多，藏书蔚然成风，宁波成为全国重要的藏书之地。当时市区内有名有姓有场所的藏书楼就有六七十家，史籍明确记载藏书量在万卷以上的就有金华家藏书、丰坊万卷楼、范钦天一阁、陈朝辅四香居、陆宝南轩，其中以万卷楼与天一阁藏书最多。

清朝统治者一面实行严厉的文化专制政策，大兴文字狱；一面又以八股科举笼络知识分子，编修和刻印了大量图书以宣扬封建思想。在这种情况下，考据学大盛，校勘和刻印古籍流行，官藏私藏图书的规模都超过了前代。宁波也同样，在清初黄宗羲甬上讲学、开创浙东学派的影响下，大批学人聚集。这些才子大家均致力于收藏和治学，爱书如命，无一不是藏书家，并且藏以致用，藏书的目的更加明确。另一方面，编纂《四库全书》时对天一阁的宣传也激励了宁波藏书家，让宁波藏书业发展得更快。清代宁波藏书家不胜枚举，尤以黄宗羲、万斯同、全祖望、姚燮等 19 人最有名。

民国时期，由于宁波经济总体上比较活跃，特别是好多在上海当了老板的商人，继承了老一辈的传统，在家乡宁波辟建藏书楼，收藏书籍，私人藏书的人数和规模继续领跑全国。这些藏家由于受到海派文化的影响，眼界比较开阔，思想比较开放，藏书方面出现了一些新的特点。比如藏书注重个人喜好，有人专门收藏戏曲、小说，有人多

清道光年间慈溪冯本怀私人藏书楼——**抱珠楼**（沈国峰摄）

藏医书古方，有人收藏善本、字画、金石、碑帖等。又如部分藏书楼不再对外封闭，而是敞开大门，让子弟、学生甚至外人阅读借用，开始向公益图书馆方向转变。

水北阁（沈国峰摄）

藏书对宁波文化的发展做出了重要贡献，宁波藏书家身上体现了充分的人文精神。《甬藏书香》中写道，这种人文精神具体表现在六个方面：一是崇文尚学的好读精神。宁波人"为父兄者以其子与弟不文为咎，为母妻者以其子与夫不学为辱"，形成了"人家不必问贫富，但有读书声便佳"的良好社会氛围，涌现了一大批好读苦读之士。特别是像范钦、徐时栋、万斯同等藏书家藏以致用、带头苦读的精神，对宁波历史上读书风气的形成具有强大的推动作用。二是嗜书如命的收藏精神。在古代刻印业极不发达、书籍很难得到的情况下，宁波藏书家为了藏书，都乐于抄书，如范钦的侄子范澈不仅自己酷爱抄书，而且家养抄书手二三十人，日日抄书。其他藏书家也热衷于搜罗古书，日夜抄录，精心收藏，所以宁波许多藏家的藏书是手抄之书。宁波藏书家对藏书的执着也是值得称道的。晚清徐时栋的烟屿楼藏书曾达6万余卷，太平军进入宁波后，藏书大量失散，所剩无几，后他重起炉灶，又积书4万余卷，不幸又遭火灾，所有藏书付之一炬。两次沉重打击并没有使他失去藏书的嗜好，他继续奋进在访书、理书、搜书之中，终于又建起了水北阁藏书楼。正是这种面对挫折坚韧不拔、矢志不渝的精神，才成就了宁波藏书在全国的地位。三是世代相传的恪守精神。宁波藏书家

尊经阁（阮挺摄）

普遍都有家训：藏书世守，代有传人。范氏天一阁自明嘉靖年间建阁到1949年，十三代人薪火相传，绵延不绝，是中国藏书史的典范。甬上其他藏书楼数代相传的也特别多，不少还越藏越丰富。四是爱书以德的开放精神。宁波藏书家的开放精神主要体现在两方面。其一，藏书家之间目录交换，互通有无，甚至订有互抄之约。其二，实行适度开放但不外借，体现了藏书家为社会做贡献的公德心，这在当时私有制条件下非常难能可贵。五是留意桑梓的爱乡精神。宁波藏书家非常重视收藏、刊印当地文献及朝廷、外地涉及宁波的有关书籍，以留传后代。有不少文献在当代仍然起着重要的作用。改革开放初期，包玉刚先生第一次回乡探亲，当他从天一阁收藏的宁波包氏家谱中查找到自己是北宋名臣包拯的第29代嫡孙时，高兴地大叫"我是包青天的后代"，此事对其为家乡宁波贡献力量起到了重要的促进作用。六是化私为公的家国情怀。新中国成立后，宁波的许多藏书家先后把自己珍藏的图片、绘画、碑帖等文物捐献给了国家，其中多数都归于天一阁收藏，使天一阁藏品大大增加。据马涯民先生于1954年1月写的《天一阁记》载："地方藏书家多将书籍捐赠……所以除天一阁原有书籍外，接管的书反数倍于天一阁，而书画多至千余幅，碑帖古器亦各有数百件，以至于天一阁及尊经阁无从容纳了。"可见宁波藏书家的拳拳爱国之心。

改革开放后，宁波的藏书文化得到快速发展，天一阁旧貌换新颜，古建筑得到有效保护，开展了古籍修复和文献研究，扩建了新书库，建起了数字阅览室，方便了公众查阅，这座古老的藏书楼重新焕发出生机和活力。与此同时，出版业欣欣向荣，各类书籍琳琅满目，数不胜数；各级各类图书馆遍地开花，书店遍布各商业街区，爱书读书藏书蔚然成风，书香飘荡在宁波的角角落落。

商帮文化

　　宁波人以善于经商而著称，最形象的一句话叫"无宁不成市"，意思就是没有宁波人参与其中就形不成市场，做不了生意。秦时宁波有一个县叫"鄮"，也就是从事贸易、做生意的地方。"鄮"可拆分成"贸"和"邑"两部分，"贸"是贸易，货物的相互流动，"邑"是人集聚的地方，"鄮"就是生意人集聚之地，说明秦朝时"鄮"县所辖的宁波五乡、宝幢、东吴、东钱湖一带有许多人在做生意，并形成了相应的货物交易场所，这种善于做生意的传统一直流传下来，至今仍然生生不息。然追寻宁波人从商之历史，其开端不能不归于春秋时的范蠡大夫。

　　话说范蠡帮助勾践打败夫差，使越国一雪前耻称霸春秋以后，便有心脱离官场，带着西施归隐山林，以避不测之祸，于是便向勾践请求，允许他辞官归隐。勾践觉得已经打败吴国，完成霸业，留着范蠡怕他功高盖主，便同意了他的请求。于是范、西两人曲曲折折悄然来到越地东边的东钱湖，当然那时尚无此名称，在湖边的一座小山包上住了下来，开始了他早已谋划好的商人生涯。凭着自己的聪明才智和独特眼光，范蠡的生意风生水起，他从粮食、水产买卖做起，逐步拓展到丝绸布匹、车马船只，既做内贸又涉足海外贸易，几年以后便积聚起大量财富，成为富可敌国的大财主。可范蠡又是个仗义疏财之人，几次散尽家产，帮助周边贫苦百姓，并出资兴修堤坝，疏浚河道，使东钱湖一带成为越国富庶之地。生意之余，范蠡潜心研究，把自己几十年从政从商的经验加以总结提炼，写成了许多留传后世的著作，现在留存下来的尚有《计然篇》《陶朱公生意经》《卢氏本草经》等。

　　范蠡既是一个政治家、军事家，又是一个经济学家和道学家。不说其在政治、哲学、军事上的成就，单从经济学的角度来看，范蠡的学说也有独到之处，至今仍可借鉴。其经营之道集中体现在"三谋""三略"上。所谓"三谋"，即"人谋""事谋""物谋"。"人谋"说的是用人要正，忠奸定兴废；大事要慎，妄托受大害；待人忌躁，暴躁交易少；处事宜静，浮躁误事多；言行宽和，和气能生财；做事宜勤，懒惰百事废。"事谋"说的是用度宜俭，奢华财源败；做工宜精，粗糙出劣品；货期要准，马虎失信用；交易要速，拖延失良机；进货要严，滥货要减价；出纳要谨，潦草差错多。"物谋"说的是优劣要清，混淆损耗大；存物要整，散漫难查点；价格要明，含糊多争执；赊欠要审，滥出亏血本；账目要清，糊涂弊端生；查账要勤，懈怠滞本金。

"三略"包括"货略""价略""市略"。在"三略"里，范蠡传承了老师计然的经济思想，说的是聚财的原理。"货略"的核心是务实物，就是货物的品质要完美。他说："以物相贸易，腐败而食之货勿留，无敢居贵。""价略"的核心是审贵贱，指出价格变化中物极必反的规律，"贵出如粪土，贱取如珠玉"。"市略"讲资本营运策略，指出货物、资金要不停地循环、运转，如此"则币欲其行如流水"，资金不断滚动流转，才能小钱生大钱，不断产生利润。

从上述可以看出，范蠡绝对是一个经营奇才，后世仰慕他，称他为"商圣""财神"，是名副其实的。范蠡的商业品格与经营之道在宁波大地代代相传，可以这么认为，范蠡是宁波商帮的开山鼻祖。

宁波商帮的实际形成时间则要晚得多。大概在明末的时候，随着宁波人跨出宁波到京城建立自己的产业，并兴建相应的同乡会所，才标志着宁波商帮的正式出现。明朝末年，宁波人在北京先后建立起五大产业：民信业、南北货业、药材业、成衣业和金融业。其中至今尚存的同仁堂就是宁波慈溪人创办的。既然有许多宁波人在京城投资创业，为了生意和叙述乡情的需要，一批同乡会馆应运而生，如北京

宁波帮人士赵安中先生诞辰100周年纪年活动（戴明刚摄）

里仁街1号的鄞县会馆、东城"小甜水井"的镇海慈溪会馆、金鱼池西街1号的浙慈会馆等集聚了一批在京从事药材、成衣、钱庄生意的宁波人。宁波本地也出现了专业特色商业街区，如从事药材生意的药行街，做木材、糖业生意的木行街、糖行街，以及汇集了钱庄银楼的江厦街，并拥有了一支数量可观的商人群体。到了清代，宁波商帮继续发展壮大，宁波会馆遍及京、沪、津、杭、汉等大小都会，在日本、德国、美国等国家的一些城市也陆续建起了有宁波人参与的会馆。上海开埠后，中国的经济中心南移，宁波商帮在这个"十里洋场"大显身手，迎来了黄金发展期。通过与外国资本的斗争，确立了宁波商帮在上海举足轻重的地位。到了二十世纪二三十年代，宁波商帮几乎控制了上海民族金融业、航运业、轻工业、商贸业，成为上海经济的中坚力量。特别是在二十世纪前四十年左右的时间里，宁波商帮抓住上海开放之势，顺时应变，推动航运、药材、钱庄等传统产业向现代产业转型，农耕文明向现代商业文明转变，还眼睛向外，充分吸收国外的有益经验，创新经营与管理机制，一大批在沪宁波帮企业具备了现代企业的雏形,创造了许许多多的中国经济之最,为我国民族工商业的发展做出了不可磨灭的贡献。宁波商帮还以上海为大本营,将事业拓展到天津、重庆、武汉以及香港等大城市,尤其是在1949年前后,大批在沪宁波商人迁至香港,王宽诚、包玉刚、邵逸夫、董浩云、李达三等到了香港后,很快便如鱼得水,在各自的领域创造了辉煌,成为香港经济的领军人物。因此,宁波人经常会在外地人面前吹嘘一下,说阿拉宁波人撑起了上海、香港这两大中国城市。

至于宁波商人为什么不像安徽商人、山西商人叫"徽商""晋商"那样被称为"甬商",而被称作"宁波帮",大多数人只知道邓小平同志在1984年8月1日有过一个伟大的号召:"把全世界的宁波帮都动员起来,建设宁波。"以为"宁波帮"这个名词是邓小平首创的。殊不知1949年5月,毛泽东主席代军委起草的给华东野战军负责同志的电文里,已经明确称呼"宁波帮"了。电文节选如下:"粟张转谭王吉:在占领奉化时,要告诫部队,不要破坏蒋介石的住宅祠堂及其他建筑物。在占领绍兴、宁波等处时,要注意保护宁波帮大中小资本家的房屋财产,以利我们拉住这些资本家。"

如果再上溯,刊载文字上最早提出"宁波帮"概念的当属钱锺书

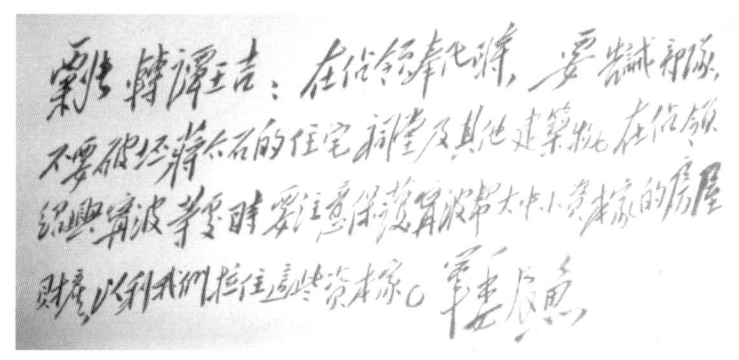

毛主席代军委起草的给华东野战军负责同志的电报

的老丈人、无锡人杨荫杭先生。1904年他在《商务官报》上发表《上海商帮贸易之大势》一文,其中说道:"自上海发达,交通日便,外人云集,宁波之商业,遂移至上海,故向以宁波为根据。从事外国贸易之宁波商,亦渐次移至上海。"1908年编撰的《中国经济全书》则说:"上海之所谓宁波帮者,即表示在上海的宁波商人之意。"可见"宁波帮"这一称谓之历史悠久。

宁波帮从形成至今已有三百多年长盛不衰的历史,为什么没有像徽商、晋商那样随着时代的变迁而走向没落,反而越来越兴旺?其生命力来自哪里?其保持青春活力的诀窍是什么?本人认为可以从以下几方面探寻答案:

一是受浙东文化熏陶,注重实干,不尚空谈。明清之际,王阳明的"知行合一"思想加上由王夫之、黄宗羲、顾炎武等人提出的"经世致用"理念,深刻影响着宁波商人的思想和行为。所谓"经世致用",意即治理世事要切合实用,不要夸夸其谈。宁波商帮就是这么做的,最注重实际,投资实业、振兴商贸、兴办银行,一步一个脚印实干。

二是善于观察政治风向,但对各派政治人物不即不离、不温不火。宁波人深谙为商之道,强调在商言商,懂得如何在政治风云变幻中借势借力保护和发展自己。在二十世纪二三十年代上海险恶的政治环境中,他们左右逢源,尽量不依附更不得罪政治人物,以使自己的商业利益最大化。慈溪人虞洽卿,创办四明银行,出任上海总商会会长,是上海滩闻人、宁波帮的标志性人物,许多势力都想拉他加入自己的阵营。但其人政治嗅觉十分灵敏,并不轻易表态。他支持北伐,却与北洋段祺瑞政府关系良好。作为老乡,他支持蒋介石;而作为中国人,他又坚决反对和抵抗帝国主义的侵略。尤其是抗战中,他拒绝出任上海伪政府市长,表现出民族气节。他在上海的生意之所以几十年屹立不倒,和他营造的政治生态有很大关系。

三是宁波人的天性使然。前面说到宁波人低调、实在，不做出头橡子，不做出头鸟，富不露财，"闷声发大财"。即使捐款，也往往是在私底下、暗地里进行，所以不易引起政界、军界的注目，在战争年代容易生存下来。

四是思想开放，紧跟时代步伐。宁波开埠比较早，从事商贸活动的年代更是久远，与日本以及西方国家交流交往比较频繁，世面见得多，加上地域文化里本身就有的开放因素，因此思想比较超前，并善于兼收并蓄，接受新事物快。尽管不想做第一，但面对时代的变迁、市场的变化，紧跟的步伐坚定有力，快速及时。

五是得天独厚的地理优势。宁波港从古到今一直是我国沿海的主要港口。通过浙东运河连接京杭大运河而形成的巨大内陆腹地，为宁波人开展海运贸易提供了巨大的便利，激发起宁波人2000余年积淀下来的商业禀赋，成为宁波商帮永续发展的不竭动力。

在由封建社会到半殖民地半封建社会，再到社会主义社会的漫长演进中，宁波商帮筚路蓝缕，不断奋进，成就了自己的名声，并续写着新的辉煌。透过他们事业成功的光环，剖析提炼他们身上所共有的文化现象和价值趋向，对于构筑既符合社会主义核心价值观普遍要求、又体现宁波特色的精神家园具有重要意义。那么宁波商帮在自己的日常思想与行为中表现出哪些共同的价值取向呢？本人把其大致归纳为四个方面。

第一，重诺守信。中国人说"大丈夫一言既出，驷马难追"，宁波人说"闲话一句"，都是表达说出的话是算数的，决不反悔也不赖皮。按经济学的说法，市场经济是契约经济，口头承诺也是一种契约，与书面协议一样，应当得到遵守和兑现。守信用是宁波商帮取得成功的重要法宝。这方面的例子不胜枚举。王耀成先生所著《商行四海》中引用的著名戏曲理论家齐如山在《北平怀旧》中记载的一则史实很能说明问题：

"同治末年，四恒（恒和、恒立、恒源、恒裕，都为设在北京的钱庄）之一的恒和银号关门歇业了，但他有许多银票在外面流通着，一直收不回来。彼时没有报纸，无处登广告，只有用梅红纸半张，印明该号已歇业，所有银票请去兑现等字样，在大道及各城镇中贴出，俾人周知。然仍有许多票子，未能回来，但为信用必须待人来兑。等了一年多，还有许多未回，不得已在东西牌楼西边路北，租了一间门面房，挂上了一只钱幌子，不做生意，专等候别人来兑现。如此等了二十年，光绪庚子才关门。"

这种重诺守信的传统，一直被宁波帮所继承。香港的宁波人董浩云先生就是守信的典范，诚信成了他事业腾飞的有力依仗。当时香港报纸在分析他成功的奥秘时写道：他从几条破船发展成船王，其成功之道无他，就是讲信用。就凭"董浩云"的一纸签名，日本最大的造船厂愿为他建造30万吨的大邮轮；就凭"董浩云"三个字，中东的石油输出国愿和他签订十年的运油合同。

第二，兼收并蓄。宁波商帮的骨子里装的是中华传统文化，但并不排斥外来文化，反而敢于吸收西方先进的科学文化、先进的经营方式、先进的科技手段、先进的产业行业发展经验。比如清末大量的钱庄银楼，从宁波迁往上海后，很快便吸收了西方的做法，钱庄变成了银行，银两变成了钞票，银票变成了支票，老式银号改造成了现代意义的金融业。又如在国人还普遍穿着长衫马褂的时候，宁波人已经开始缝制西装，制作了中国第一套西装。兼收并蓄、开放包容使宁波帮企业总是领风气之先，在市场竞争中站在有利位置，保持长盛不衰。

第三，百折不挠。宁波商帮有认准目标一干到底的坚定意志，不达目标决不罢休。被称为宁波近代工业"三支半烟囱"之一的和丰纱厂，于1905年创办，头几年效益显著，但在洋纱冲击下，不久便陷入了亏损，很多股东无意经营，打算分产停业。俞佐宸先生在这种情况下临危受命，担任总经理。他怀着救厂如救命的急迫心情，及时转变发展思路，利用个人关系和厂房抵押，取得了银行贷款200万元，用于更新设备，购买原料，使纱厂起死回生。几年间不仅还清了贷款，到了1937年，还盈利120万以上。但是天有不测风云，1941年2月，纱厂车间失火，设备全部焚毁。同年4月，日寇在镇海登陆，宁波沦陷，企业不得不停产歇业，但俞佐宸先生恢复生产、重振纱厂的宏愿从来没有动摇过。到抗战胜利后的1946年，停办5年的纱厂在废墟上重新开工生产。新中国成立之初，俞佐宸先生继续精心组织企业生产，以期重振雄风，直到1953年底实行公私合营，为宁波纺织工业的发展奠定了良好基础。像俞佐宸先生这样历经曲折、几起几落的事例，宁波商帮中比比皆是，他们身上可以生动地诠释"艰难困苦，玉汝于成"这句成语的深刻含义。

第四，爱国爱乡。爱国是宁波商帮的共同政治操守。中华人民共和国成立之初，美国等西方国家对我国实行全面封锁，时值抗美援朝战争爆发，国内物资严重匮乏，恢复经济、支撑战争的保障体系十分薄弱。在祖国遇到严重困难的关键时刻，身在香港的王宽诚伸出了援手，他利用香港自由港的有利条件，在本港和海外大量采购国内急需的棉花、药品、医疗器械等物品，悄悄运往内地港口，有力地支援了抗美援朝。改革开放后，他又出资1亿美元设立王宽诚教育基金会，专门资助内地高校和科研机构组织的境外人才培训。香港回归前，王宽诚、包玉刚等成为香港基本法起草委员会副主任委员，为香港顺利回归祖国、确立"一国两制"基本制度做出了重要贡献。

1984年，邓小平同志发出"把全世界的宁波帮都动员起来，建设宁波"的号召后，大批海外宁波帮以不同形式回归家乡建设宁波。包玉刚来了，于是有了宁波大学和包玉刚图书馆；李兴贵、赵安中、李

包玉刚图书馆（来自宁波图书馆）

惠利来了，于是有了以他们的名字命名的学校、医院；邵逸夫来了，李达三来了，应昌期来了，无数的海外游子来了，于是宁波有了许许多多崭新的中小学、图书馆、敬老院、剧院。有了这些基金，宁波城乡公共设施面貌因此焕然一新，比其他城市提早了十几年进入小康社会。

改革开放后，宁波人的足迹遍布全国。近几年，甬商正在加快回归。丁磊的网易、沈国军的银泰、郑永刚的杉杉以及一大批在外地的宁波帮企业都在回归宁波，落户各自的项目。每年一次的世界"宁波帮·帮宁波"发展大会，成为全球宁波帮献计出力、建设家乡的重要交流平台。甬商总会承担起联络海内外宁波帮的职责。祖国和家乡是宁波商帮的根和魂，是他们闯荡世界的最有力的精神支柱。宁波正在全世界宁波帮的支持下昂首阔步奔跑在新时代的大路上。

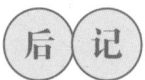

后记

　　落笔写这本书之前,我曾与韩志敏先生就本书的主题、内容进行过几次探讨。志敏建议我先看看"宁波文化丛书"第一辑,以对宁波的各类文化有更系统的了解。并且他还帮我找来了这套书的全本,阅后对我开启思路果然大有帮助。尤其是虞浩旭先生著的《甬藏书香》、谢安良先生著的《丝路听潮》、王耀成先生著的《商行四海》这三本,对我的写作启发很大。在此,我对志敏及三位作者表示衷心感谢。

　　本书是一本写宁波、写宁波人的书,我的本意是力求通过对宁波建筑风貌、节庆风俗以及宁波人生活习性、语言特征、处世方式等方面的描述,比较全面系统地反映宁波人的真实面貌,让读者知道宁波是怎么样的、宁波人又是怎么样的。但由于宁波地域广大、人口众多、村落星罗,写作中免不了出现以偏概全、挂一漏万的问题。比如一位朋友就给我指出宁海方言的复杂性,不能简单地在地域上画一条线,线南讲什么话,线北又讲什么话,语言的变化是一个渐进的过程,我觉得讲的非常有道理。所以读者朋友如果发现本书有谬误,敬请谅解,并欢迎指正。

　　感谢所有对本书的写作、出版有过帮助的朋友。

作者
2019年12月22日